一生必學的
英文文法
GRAMMAR FOR LIFE
基礎版

政大教授　陳超明一著

前言：終結你一生文法的夢魘

這是一本很矛盾的書。一本談文法的書，卻要求讀者不要那麼在意文法，也不要花那麼多的時間學文法！

很多台灣學生從小開始學英文，卻被文法所困，錯把學習重點放在文法規則、過於仔細去分析語言，而忽略了要講英文。一個語言使用者並不需要完全知道語言的規則，只要知道語言使用的一些基本概念就夠了！

此外，我還發覺大部分英文不好的人，都會被貼上「文法不好」的標籤，但是在文法規則上反覆斟酌再三，真的就能讓英文變好嗎？請大家思考一個問題：文法好，英文就真的好嗎？

我想藉這本書來破除文法這麼難學的痛苦。透過文法的簡化，建立大家培養英文思考的模式，書中所歸納出的許多步驟與原則，首先就是要培養大家**從英文語法去學習英文**。

其次，**使用**才是落實語言學習的重要基礎。書中所有的例子都是現實生活（real life）中碰得到的英文，像是日常生活對話、各類考試等等都是真正會用到的英文，這種作法就是所謂的 Language First，也就是**語言本身優先，文法其次**。所以雖然書名是《一生必學的英文文法─基礎版》，但是大家一定要建立一個觀念：文法並不是主角，而是配角。

文法的規則不變，從簡單的日常對話到報章雜誌，其中文法的思維是一樣的！這裡的

文法概念，無關難易，不管是什麼樣的英文都用得到：從簡單的文法到考試題目，都可使用相對應且適切的文法規則。真正能幫助初學英文，並且即將面對基測的國中生，或是已學過但卻沒學好英文的高中生、大學生、社會人士，給自己一個重新奠定基礎的機會，不論要面對全民英檢初級，或是 TOEIC Bridge 考試，都能輕鬆過關斬將。

最後，一定要實際運用所學的文法！許多人想要加強自己的英文程度，卻往往只會死背規則，而不懂得實際運用，不但學不到真正的語言，英文程度更可能因此而停滯不前。提醒大家在閱讀、講話、寫作時，要把文法忘了，比方說，母語人士在講話時並不會去注意過去式等文法規則，文法規則應該是在語言學習初期幫助你修正、建立英文思維的工具。一旦熟悉了這些文法規則之後，就應該從規則中跳脫出來、進而讓文法「消失」；就像武俠小說中的人一般都要先「學招式」才能出手，但是武功高強的人卻是招式完全消失，「無招勝有招」；如果文法是一種招式的話，現階段打穩基礎功時會常常用到，但是如果學到了最後，卻還常常受限於文法招式，那你的英文程度就永遠只能停留在二、三流水準，根本無法突破，所以大家學英文一定要期許自己達到武林高手「無招勝有招」的最高境界。

本書主要針對解決初學者對於文法的困惑，我們將文法簡化，主要採用基礎的英文內容，對於想如何加強文法概念，很有幫助！

本書的出版，要感謝《聯合報》孫蓉華組長，沒有她每週的紀錄與催稿，永遠沒有《聯合報》連載近半年的《一生必學的英文文法》專欄；其次聯經的李芃，以及雅玲的辛

苦，一併感謝。

　　本書的編輯結構可分為三大項：

一、十大句法→十大招式

　　綜合個人教書二十年以來所閱讀過的小說、報章雜誌、各類考試等，加上日常生活中所見所思，整理而出的十大句法，所謂「十大招式」！

二、注意與中文思維不同的英文文法

　　如時態、被動、比較、假設、倒裝等英文用法，這些在使用上都與中文的表達不同，了解這類文法對於正確使用英文相當重要。至於太複雜的結構，如與未來式相反的假設法等，在日常生活中很少用，因此可以不讀。也就是說不用學，也不會影響英文表達。

三、英文就是要實際應用‧掌握動詞的用法

　　英文學習最重要的並不在於文法規則，而是要將語言落實於聽說讀寫，將其漸漸變成自己語言的一部分。所以應用學習與練習相當重要。因此語言學習的首要之務就是掌握動詞的用法。動詞的使用，決定了一切，因為「動詞」堪稱是英文句子的靈魂，所以學英文事實上就是學動詞，書中將會專文說明常用動詞的使用。

　　閱讀本書最重要的是觀念的突破，而不是死背文法！學習英文的絕招是要認識、要去「使用」英文，不只是學習英文；不要被繁複的英文文法嚇到，只要掌握基礎的文法，就可以一輩子受用。我相信這本書可以結束大家學習文法的夢魘，從此不再視學英文為畏途，在此也大膽呼籲，英文初學者可以拋開手中其他文法書，打好英文基礎功只需要這本《一生必學的英文文法─基礎版》就夠了！

目 錄 Contents

文法的難題
To learn or not to learn, that is a question.

1 到底文法是什麼？

　　台灣一般正規的語言學習過程都採聽、說、讀、寫、文法等學習次序。課堂上的學習不外乎是文法與單字的學習，以至於大部分人誤以為閱讀的學習即等於文法的學習，也因此以為必須透過文法才能了解文章，可是了解不是只知道規則就好，而需要涉及三種層次：

單字	了解此單字的含意及用法，尤其是這單字在此處的意義是什麼。
文法的規則	任何語言都有其規則，如何掌握這些基本的句子規則，就是形成英文思考的第一步。
上下文	了解文意，有時要看上下文，上下文的結構，也會構成意義的不同。
文化的意涵	語意的了解有時跟文化有密切關係，單純的語言結構還是有了解的落差。 （本書只談文法，因此有關文化思維的概念在此略過。）

　　台灣大多數人把閱讀教學與文法教學劃上等號，孰不知美國小學的閱讀教學卻大相逕庭，注重的是學生對於單字的發音與念法、語調、斷句以及流暢度（fluency）。簡而易之，西方人的閱讀隱含著「說」，較接近中文「朗讀」的概念，因為閱讀的英文 read，意思就是「出聲、說出來」，所以把閱讀教學與文法教學劃上等號，其實是錯誤的！

　　如果我們真能好好落實真正的閱讀教學，包括語意的了解、單字的意義、上下文的關係、規則的了解、以及大聲朗讀等，就能把語言的四種技能（four language skills）：聽、說、讀、寫全都走完一遍。

● 背單字、熟文法，就能說英文？

　　語言學習為什麼需要文法？其實這是一種所謂「認知學習」的基本概念。簡單的說，就是利用某些規則去認識一些不熟悉的事物，利用舉一反三的概念去學習。運用到英文上，就是學習文法規則，然後發展自己的英文句子。因此很多人認為，只要老師使用中文將英文文法解釋清楚，進一步理解並消化之後，再把單字套進來，這樣就可以學好英文。這就是為何台灣英語教學大都停留在單字與文法教學上面，也就是認為「學好單字，然後再知道文法」。但近幾年來，這種學習方法常常受到挑戰。因為從知道規則到使用英文，中間其實還有一段距離，也就是很多人學會規則，但是只記得規則，對於語言本身還是無法靈活運用。學會招式，沒有使用，永遠無法「出手」！

　　因此，有一派人士提倡，我們不要學規則，以母語人士的方法來學。就好比學中文，

我們從來就不知道中文的文法規則。這種所謂自然學習法，強調無須學習文法規則，只要創造一個英語的環境讓小孩子自然學習即可，就像我們自己小時候學中文並不會先學文法一樣。但是這種自然學習法有其侷限性，因為自然學習法是一種母語環境的學習，必須有其語言環境。英語在台灣並不是母語，也就沒有所謂英語的學習環境，大家只要放了學、下了課，回到家就不會講英文了，所以自然學習的方式在英語系國家可行，但在非英語系國家就行不通了。

其實這些都是不同的語言學習方式，但是又會回歸到一點，當你自己要開始進入第二語言或是外國語言的學習時，大部分人都會問「為何這麼說？」，或是「這句話為何如此？」如此一來又會回到一種認知或思考規則的概念上，也就是我們由於思考的關係，一定會想知道一些語言的原因與規則，所以即使這種學習看起來不對，但是在我們學習語言的過程中，又會一直跳出來干擾我們，此時文法的學習就會面臨一個難題：到底要不要學文法？

由於英文不是我們的母語，因此學一些規則是必要的。但是要學哪些規則呢？

最重要的是字序（word order）的安排，也就是單字要放哪裡？對我們來說，當一個語言能不能產生溝通的概念，事實上是在於字的位置放在哪，所以本書最重要的目的是要讓讀者學習 word order，比如說，中文永遠都把形容詞放在名詞的前面，如「她是個長髮飄逸又很喜歡講話的女生」，但英文則會把比較長的形容詞放在名詞之後來修飾，而說成：She is a girl with long hair; she is very talkative.，所以在學習文法的過程中，我故意

提問「我們要不要學文法？」，並不是在否定文法的功能性，而是要強調學文法有「難題」要面對，也有基本的態度要注意：

　　＊word order（字序）：字在句子中所出現的順序。

學文法的時機？

　　我認為我們還是要學文法！但應該什麼時候學呢？小孩子剛開始學語言的時候，其實是不需要學文法的，但是等到年歲漸長，需要進入複雜的語言運用時，可能就要知道運用文法來修正某些語言溝通上的錯誤，學習比較豐富且進階的語言使用習慣，當你遇到這種情形時就需要學文法，也就是學文法的時機到了。

學文法的態度是什麼？

‧文法絕非聖經，亦即文法是變動的、而非一成不變：

千萬不要把沒看（學）過的句子、用法等當成文法錯誤，這是非常要不得的。

‧文法規則要強調的是「字序」（word order）的問題：

　　文法的規則主要是字序（字的排列順序）的問題，word order 不會改變，不管是哪一種語言，影響語意的都是 word order，只要字序對了，大概就學會了該語言的百分之八十，只要字序對了，就能讓語言溝通順暢，而其他文法規則相較之下就不那麼重要了，

這也是我為什麼一直強調句法和語法結構比其他細微的文法規則（如倒底是用 a 還是 an）還來得重要。事實上只要知道單字，掌握句法的單字排列次序，就可以開始溝通了！

・要學有用的文法，不背不實用的文法規則：

有些文法是專家所玩弄的東西，有些話是我們在真實生活中永遠不會講的，如「未來假設法」在現實生活中用到的機會微乎其微，又如附加問句，現在已經愈來愈少人用了，例如 Let's go to the movies, shall we? 是附加問句的標準用法，但現在如果把 shall we 改成 OK? 一樣傳達無礙。

再次強調，要學就要學有用的文法，而不是厚厚文法書上的文法！

所以本書秉持著「一定要用現實生活中的例子來說明文法」。很多坊間文法書都是先有文法，再有例句，為文法創造例句。建議你如果再看到這樣的文法書，請把它燒掉吧！因為那種文法書只供「參考」之用，我保證這本《一生必學的英文文法─基礎版》是真正「有用」的文法書。

要不要學文法？學外語還是要掌握規則，但是只要學會這本書告訴你的文法即可；其次，確實掌握各個動詞的用法，你的英文就從這裡起飛吧！

筆記欄
NOTES

GRAMMAR FOR LIFE

文法篇

主詞與動詞的結構

大部分人學英文都會被文法所困。「文法的難題」中也探討了到底要不要學文法？如果只是想學會簡單的英文溝通，其實可以不用學文法，只要針對常用的句子反覆練習，久而久之，熟能生巧，習慣就成自然。即使文法有點錯誤，但是只要語意表達無礙，文法也就不重要了。

例如問 "Where is the restroom?"、"What time do you have?" 等，根本不必教一些所謂疑問句的用法。但若想要深入學習，因為英文的語法與中文略有不同，必須先掌握一些語法規則，比較容易推敲。

學習外語，剛開始如以口語為主，文法並不重要。只有需要深入閱讀或是寫作時，才必須掌握重要的文法規則，但是學習文法必須要學習「有用」的文法，學校常常教了很多文法規則，可是這些規則可能一輩子永遠用不到！一般人往往連基本的句法都講不出口或是寫不出來，卻花了很多冤枉時間練習文法規則。

我們前面強調要重視「字序」（word order），而英文最重要的是「主詞＋動詞」的次序。

傳統文法書告訴我們，英文有五大句型，以「主詞＋動詞」為主要結構，在閱讀中，

只要能將主詞、動詞找出來，幾乎就可以理解整句話的含意；在口語中，先提出主詞（I, You, He），然後再找到動詞（have, take, jump 等），就可以開口說英文了！

　　好萊塢名導詹姆斯卡麥隆（James Francis Cameron）相當擅長創造簡單易懂的經典台詞，如電影《鐵達尼號》（*Titanic*）和《阿凡達》（*Avatar*）中最有名的兩句台詞：

You / jump, / I / jump /, remember?
　S　　　V　　S　　V

你 / 跳 / 我 / 跳 / 記得嗎？ 　　　　　　　　　　　　　　　　　　（*Titanic*《鐵達尼號》）

→這裡是兩句話。第一句的主詞是 You，第二句的主詞是 I，動詞都是 jump。主要結構含意就是
「你（我）跳」，非常簡單易懂。

I / see / you.
S　　V

我 / 看見 / 你 　　　　　　　　　　　　　　　　　　　　　　　　（*Avatar*《阿凡達》）

→這句話更簡單，主詞為 I，動詞為 see，主要結構含意就是「我看見」。

　　再以 98 年第一次國中基測的考題為例（閱讀測驗）：

In 2005, / three rice farmers / in Tainan, Taiwan / became famous / because of the
　　　　　　　　　S　　　　　　　　　　　　　　　　　　　V

movie *Let It Be*.

二〇〇五年 / 三名米農 / 在台灣台南 / 變得有名 / 因為電影《無米樂》

→主詞是 three rice farmers，動詞是 became，所以這句話的主要結構含意就是「三名米農變得」。

The movie / shows / how the three farmers live and work / on the land.
　S　　　V

這部電影 / 呈現 / 三名農夫如何生活與工作 / 在土地上

→主詞是 The movie，動詞是 shows，整句話的主要結構含意就是「這部電影呈現」。

　　從以上的主詞動詞結構分析，就可以很快地知道這些句子的主要含意，即使句子結構稍微複雜（如第一句的主詞與動詞距離較遠），但主要結構還是「主詞＋動詞」。要懂得如何去尋找主詞與動詞，不要看到句子長或複雜就被嚇到，可以如上述例句一樣，先分解句子的各單元，再找出主詞、動詞，對閱讀就會很有幫助。再以 98 年國中第一次基本學力測驗的單題與好萊塢知名男星布萊德彼特（Brad Pitt）一句名言為例，兩句文法結構相似：

Playing in the water / is / lots of fun / on a hot summer day.
　　　S　　　　　　V

玩水 / 是 / 很好玩的 / 在炎熱的夏天

17

→這句話的主詞為 Playing in the water，動詞為 is，主要意思即「玩水是」，後面說明玩水的情形。

Being married / means / I / can / break wind / and eat ice cream / in bed.
　　　S　　　　　V

結婚 / 意味著 / 我 / 可以 / 放屁 / 和吃冰淇淋 / 在床上

→這句話的主詞是 Being married，動詞是 means，整句的主要意思即「結婚意味著」，後面的句子說明小布所認為結婚的意義。

　　任何英文句子都有主詞與動詞，雖然有時在口語中會予以省略，但基本結構不變，學校常教的五大句型，其實就是動詞的不同形式產生不同的句型。建議不必去背所謂「及物、不及物」或是「完全、不完全」等文法用語，只要掌握每個動詞的用法，自然就能知道如何造句或是解讀等。

　　所以掌握英文的第一步就是掌握此一大結構：主詞＋動詞。主詞可以有很多變化，如人、事、一件事、觀念等。動詞有不同的用法，學一個算一個，那到底要學會多少動詞才夠？一般來說，想要看懂簡單英文文章，如國中基測與全民英檢初級的閱讀能力測驗（包括招牌、書信、對話、廣告、短文、小故事等），只要能夠認識教育部頒布的國民中小學常用 2000 字表（http://www.bctest.ntnu.edu.tw/）與 LTTC 語言訓練測驗中心官方網站上所公布的全民英檢初級檢定 2000 字彙參考表（http://www.lttc.ntu.edu.tw/academics/

geptelist.htm）即可，尤其是活用「動詞」的部分。而日常生活中的溝通只要能掌握 60 個動詞就非常夠用了！

　　建議以後閱讀文章的時候，先用筆圈出主詞與動詞，即可解決很多語意上的問題，而且一旦學會了這些動詞的用法，以後就可以派上用場。再來看全民英檢初級例題（閱讀理解）：

The Martin family / took / a two-week vacation / last summer.
　　　　S　　　　　 V

馬汀一家人 / 進行了 / 兩星期的假期 / 去年夏天

→主詞是 The Martin family，動詞是 took，主要結構意思為「馬汀一家人做了……」，後面說明他們做了什麼事。

The day before the trip, / all of the family members / helped with the preparations.
　　　　　　　　　　　　　　　　　　S　　　　　　　　　　 V

旅行前一天 / 家中所有成員 / 幫忙準備

→主詞是 all of the family members，動詞（片語）為 helped with（幫助，幫忙），整句話的主要意思為「家中所有成員幫忙……」。

Look Further

※粗體字代表句子的主詞和動詞※

- **Love makes** the world go around. （Charles Dickens 英國大文豪狄更斯）

- **Hearing voices** no one else can hear **isn't** a good sign, even in the wizarding world.

  （J. K. Rowling 《哈利波特》系列作者羅琳）

- **I know** what you are. **You're** impossibly fast and strong. **Your skin is** pale white and ice cold. **Your** eyes **change** color... and sometimes **you speak** like, like you're from a different time. **You** never **eat** or **drink** anything. **You don't go** out in the sunlight.

  （摘自電影《暮光之城：無懼的愛》中女主角 Bella 的台詞）

十大句法

主詞與動詞的結構是構成英文句子的主要關鍵，英文句子當然有很多變化，這些變化主要是讓英文比較活潑生動，或是讓上下文更為流暢，也讓語意更加完整。

本篇列出國中基測歷屆考題、一般通俗雜誌、教科書、名言佳句等常出現的十種常用句法，只要掌握這些句法，就能掌握語意，了解上下文的關聯。

❶ S + (...) + V

大部分的英文句子不會只有主詞＋動詞而已，有時候由於增加內容（如表示主詞的特性、動作或是其他的修飾），動詞會放在離主詞較遠的地方，請見以下例子：

One day / the people / in her town / get sick / in a strange way.
     <u>S</u>   <u>V</u>

有一天 / 這些人 / 在她的城鎮 / 生病了 / 在一種奇怪的狀況之下

→本句的主詞是 the people，後面跟著的 in her town 說明這些人的位置，動詞是 get 。

<u>Larry</u>, / my American friend in Taiwan, / <u>has learned</u> / to use chopsticks well / and
<u>S</u>   <u>V</u>

<u>can eat</u> beef noodles / the way / most Taiwanese people do.
<u>V</u>

Larry / 我在台灣的美國朋友 / 已經學會 / 好好使用筷子 / 而且可以吃牛肉麵 / 以⋯⋯的方式 / 大多數台灣人吃牛肉麵　　　　　　　　　　　　　　　　　　　（98 年國中第二次基測）

→這句與上一句稍稍不同，不過一樣不要受到 my American friend in Taiwan（Larry 的同位語）的影響，主詞為 Larry，動詞是 has learned，主要結構的含意為「Larry 已經學會」，另一個動詞是 can eat，表示「可以吃」。

2 Ving／Ved／to-V..., S + V：

　　主要子句的主詞＋動詞結構前面，加上 Ving 或是 Ved 來表示一種狀況或是說明，如果跟主詞的動作一致（皆為主動）就用 Ving；有被動的含意就用 Ved；若是表示目的，就用 to-V。

<u>Even before getting dressed,</u> <u>he</u> <u>went</u> into the kitchen / to get something to eat.
　　　（主動含意）　　　　　　S　　V
甚至在穿好衣服之前 / 他走進廚房 / 想要找東西吃　　　　　　　　　　（全民英檢初級例題）

→這一句用 Ving 表示一種狀況或說明。第二句的 Even before getting dressed 表示他「穿好衣服」之前，主要結構為 he went into the kitchen...，可以看出主要結構與附屬結構的主詞相同，且皆為「主動」，故用 getting（Ving）。

3 S + V..., Ving／Ved／to-V

　　有時也會把 Ving、Ved 或是 to-V 放在主要結構後面，一樣表示一種狀況或是說明，

通常前面主要結構的含意會影響後面的事件。

I / was sitting / by the window, / lightly / kissing my sleeping cat, ...
S　　V　　　　　　　　　　　　　　　　（主動含意）

我 / 正坐在 / 窗邊 / 輕輕地 / 吻著我正在睡覺的貓咪

→這句話是將 ...kissing my sleeping cat 放在主要結構 I was sitting by the window 後面的用法，進一步說明「我」的動作。

A little gril / was riding / a yellow bike, / slowly / passing by my window, ...
　　S　　　　　V　　　　　　　　　　　　　　　（主動含意）

一個小女孩 / 正騎著 / 一輛黃色單車 / 慢慢地 / 經過我的窗邊

（97 年國中第一次基測）

→這句話也是將 Ving 放在主要結構後面的用法，以 ...passing by my window 補充說明主要結構 A little gril was riding a yellow bike 的情形。

A honeybee brain / has / a million neurons, / compared with the 100 billion in a
　　S　　　　　V　　　　　　　　　　　　　　（主動含意）
human brain.

一隻蜜蜂的腦部 / 有 / 一百萬個神經元 / 和人類腦部內的一億個相比之下

2010/03/11 《紐時週報》〈Warning: If You Swat, Bees Can Remember Your Face〉

→這裡的 compared with... 是將 Ved 放在主要結構之後的標準用法，表示一種狀況或說明，指「與……相比」。

Look Further

· A woman **who doesn't wear perfume** has no future.

（Coco Chanel 可可香奈兒）→句型①

· I sat without moving, more **frightened** of him than I had ever been.

（Bella Swan 貝拉史旺，《暮光之城》）→句型③

· *Whatever you do*

  *I will be right here **waiting for you***

  Whatever it takes

  Or how my heart breaks

  *I will be right here **waiting for you***　　（Richard Marx 的〈Right Here Waiting〉副歌）→句型③

4 With / Without + N (+ Ving or Ved)..., S + V；S + V, with / without + N (+ Ving or Ved)：

此句法以 with 或 without 開始或結尾，引導一種情境或是表示一種原因，引導或附帶說明主要結構的語意。

With just one ticket / you can visit / as many places as you like.
                          S   V

只要有一張票 / 你可以參觀 / 到最多你喜歡的地方　　　　　　　　（97 年國中第一次基測）

→「With＋名詞」說明原因，引導出主要的句子。

I / write down everything / about work / in my pink notebook; / without it, / I'd forget
S   V   S   V

the things / I should do.

我 / 寫下了一切事情 / 關於工作 / 在我的粉紅色筆記本上 / 沒有了它 / 我就會忘了那些事情 / 我應該

做的　　　　　　　　　　　　　　　　　　　　　　　　　　　（98 年國中第一次基測）

→分號後面的句子以「without＋名詞」來表示一種狀況，引導出主要的句子。

People / may leave the theater / with some questions / in their minds.
S   V

人們 / 或許會離開戲院 / 帶著一些問題 / 在心中　　　　　　　　（98 年國中第一次基測）

→這句話把「with＋名詞」放在句尾，附帶說明主要結構的情形，這種句子在英文中很常見。

⑤ (Phrase) , S + V：

Thanks to her, / the team won many games.
                  S   V

幸虧有她 / 這一隊贏得了許多比賽　　　　　　　　　　　　　　（97 年國中第一次基測）

What's worse, / she is not interested in studying.
S　V

更糟的是 / 她對讀書沒有興趣

（97 年國中第二次基測）

At dinner time, / I often enjoy telling Mom everything / that happened at school.
S　　　V

在晚餐時間 / 我通常喜歡告訴母親一切事情 / 發生在學校的

（98 年國中第一次基測）

→一句話也可以用「片語」開頭，這也是常見句型的一種。以上三句都是以片語開始。第一句的片語「Thanks to...」表示「幸虧，由於（某人）」，主要結構的意思是「這一隊贏得了……」。第二句的片語「What's worse」意指「更糟的是」，主要結構的意思是「她並沒有……」。第三句的片語「At dinner time」強調時間為「在晚餐時間」，主要子句是「我通常喜歡……」。

6 "..." says Sb ; Sb says, "..." :

　　在英文句法中常可見到「某些人說某些事情」這樣的句法，亦即直接引用當事人的話語，除了 say（說）以外，也常用 tell（告訴）等動詞。

When their farms grow very little rice, / they just laugh and say, / "It's OK. Don't
S　　　V

worry! We're still living a happy life!"

當他們的農田種出很少的米 / 他們只是笑著說 / 「沒關係。別擔心！我們還是過著很開心的生活！」
（98 年國中第一次基測）

→本句用了 Sb says, "..." 的句法，主詞是 they，動詞是 say，後面接的是當事人說話的內容。

Dad always tells me / not to study only for tests. / "If that's all I'm doing," / he says, /
<u>S</u>　　　　　<u>V</u>　　　　　　　　　　　　　　　　　　　　　　　　　　　<u>S</u>　<u>V</u>
"I will soon lose interest in learning."

老爸總是告訴我 / 不要只為了考試而讀書 / 「如果我只是那樣做的話」/ 他說 / 「我將會很快失去學習的興趣」
（98 年國中第一次基測）

→本句做了一點變化，將 Sb says, "..." 的句法延伸變化為 "...," Sb says, "..."。主詞為 he，動詞為 says，引號內為說話的內容。

⑦ S + V + that + (noun clause)：

The wisest woman in the town says that / Molly is the only person / who can save
<u>　　　　　　　　　　　　　　　</u>　　　<u>　　</u>
them.　　S　　　　　　　　　　V

城裡最聰明的女子說 / 茉莉是唯一的人 / 可以解救他們　　　　（98 年國中第一次基測）

... But I heard that / we'll have this bad weather / for another week.
<u>S</u>　<u>V</u>

但是我聽說 / 這樣惡劣的天氣 / 還要持續一個星期　　　　　　　　　　（98 年國中第二次基測）

She believed that / dance is life itself and comes from the heart.
 S　　 V

她（鄧肯）相信 / 舞蹈就是生命本身而且是發自內心的

（98 年國中第二次基測）

→ 以上三句都是先以主詞加動詞，緊接著就是 that 加上子句，分辨方式很容易：一律先找出主詞與動詞，再接著看 that 後面所接名詞子句的意思。常見的動詞有：say（說）、hear（聽，聽說）、understand（了解）、think（想）、believe（相信）、hope（希望）、conclude（推斷）、suggest（提議）等。

Look Further

• I wouldn't use the word beautiful... not **with you standing** here in comparison.

（Edward Cullen 愛德華庫倫，《暮光之城：破曉》）→ 句型④

• "I am not worried, Harry," **said Dumbledore**, his voice a little stronger despite the freezing water. "I am with you."

（Albus Dumbledore 鄧不利多，《哈利波特：混血王子的背叛》）→ 句型⑥

• Love is handing someone a gun and letting it point to your head, **believing that** he won't pull the trigger.　　　　　　　　　（Spongebob 海綿寶寶）→句型③＋句型⑦

⑧ Adv clause, Main clause; Main clause + adv clause：

　　將表示原因、條件、時間或是讓步的句子放在主要子句的前面或後面，也就是先以 because、if、though、when、as 來引導一句話，其前面或後面再加上一個引伸出來的句子，就能構成英文複雜的語意。通常在英文表達中，有些情況的表達常會需要用到這種句法。

When Sean came to Taiwan several years ago,/ few people knew about him.
　　　　　　　Adv Clause　　　　　　　　　　　S　　V
當 Sean 幾年前來台北時 / 很少人認識他　　　　　　　（98 年國中第二次基測）

→ When 引導的句子，是說明主要子句發生的時間，後面引導出主要子句「很少人認識他」。此句就是用 when 來引導全句，再接著引伸的表達方法。

Enya got up early this morning / because she did not want to be late for her trip.
　S　　V　　　　　　　　　　　　　　　　　Adv Clause
Enya 今天早上早起 / 因為她旅行不想遲到　　　　　　（98 年國中第二次基測）

→主要結構的含意為「Enya 早起……」，because 引導的句子說明她早起的原因是「旅行不想遲到」。

9 S, Adj clause, V：

　　此種句法不會出現在中文之中，但是很常出現在英文句法裡。主要是來修飾主詞（人、物或是抽象概念）或是想要表達主詞的一些狀況時，就會在主詞與動詞中間加上一句話（以 who , which 或是 that 來引導文法上稱作形容詞子句，主要是來形容或修飾人、事、物）。如下面的例句：

For example, / its city walls / , which helped keep the city safe in the past, / are
　　　　　　　　　　S　　　　　　　　　　　　　　　Adv Clause　　　　　　　　　　　　　　V
hundreds of years old now...

例如 / 它（Siena）的城牆 / 以前幫助保持這座城市安全的 / 現在有好幾百年……

（98 年國中第一次基測）

→本句的主詞為 its city walls，動詞為 are，而修飾 its city walls 的 which 子句用來說明城牆以前的狀況。

Those / who want to go to the art class / must get 70 or above / in English and
　S　　　　　　Adv Clause　　　　　　　　　　　　V
math, / and get 80 or above in pencil drawing and watercolor.
　　　　　V

那些（學生）/ 想要上美術課 / 一定要拿到七十分（含）以上的成績 / 在英文與數學 / 並且拿到八十分（含）以上的成績 / 在鉛筆素描與水彩畫　　　　　　　　　　（98 年國中第一次基測）

→主詞為 Those，動詞為 get，而 who 子句形容那些學生的想法。

Places / that were not used anymore, / like railways, factories, and open lands, /
S

have been changed / and brought to new life.
V

地方 / 不再使用 / 像是鐵路、工廠和空地 / 已被改變 / 並且重獲新生　　　（97 年國中第一次基測）

→主詞就是 Places，後面的 that 子句說明了這些地方的情形，動詞為被動式，是 have been changed。

⑩ 倒裝句 (sentence inversion) (adv + V + S)：

　　英文為了強調，常常將句子的正常次序（主詞＋動詞）對調，也就是將動詞或是輔助動詞的字放在主詞前面，而構成所謂的「倒裝句」；想要強調或是凸顯某些重要議題時，常常會使用倒裝的句法。而國中基測考題中會出現的倒裝句型大多為 here 或 there 等副詞開頭的句型，其後的主詞若非代名詞（如 he, she, it, they 等）時，主詞和動詞須調換，形成 Here / There + V + S 的句型。基測的閱讀測驗題組中常常在一個廣告、圖表、條列說明等前面或出現這樣的句子，如下面的例子：

Here / is / the way / to play the game.
　　　V　　 S

在這裡 / 是 / 方法 / 玩這個遊戲的　　　　　　　　　　　　　　（97 年國中第二次基測）

Here / are / the lyrics of a song.
‾‾‾‾‾ V   ‾‾‾‾‾‾‾‾‾‾‾‾‾‾‾‾‾‾‾‾
              S

在這裡 / 是 / 一首歌的歌詞　　　　　　　　　　　　　　（98 年國中第二次基測）

　　以上兩句話都是 Here 開頭，後面的主詞和動詞須倒裝的句型，用以表示強調與引起注意。

___

Below / is / what Mr. Bronte has heard on phone.
‾‾‾‾‾ V   ‾‾‾‾‾‾‾‾‾‾‾‾‾‾‾‾‾‾‾‾‾‾‾‾‾‾‾‾‾‾‾‾‾
 Adv   S

在下面 / 是 / Bronte 先生在電話中已聽到的內容　　　　（98 年國中第二次基測）

→這句話是將副詞 Below 放在句首，表強調，後面句子的主詞和動詞則調換，形成倒裝句型。

___

　　順帶補充，高中英文與初級英檢的考題中的倒裝句將會更為複雜，例如會將否定含意的字詞，如 hardly（幾乎不）、scarcely（幾乎不）、rarely（很少）、seldom（不常，很少）、neither（也不）等放在句首，形成倒裝句，有強調及修辭美化的功能，大多用於正式寫作、文學作品、演說或辯論中。

　　最後，請大家將前面介紹的十大句法所構成的句子，用 and 或是 but 等一些連結詞結合起來，句子之間的關係就會很密切，此用法常常出現在一般報章雜誌之中，下一章將會介紹更多例子。

Look Further

- **When** the well's dry, we know the worth of water.　（Benjamin Franklin 富蘭克林）→句法⑧

- **If** you can dream it, you can do it.　（Walt Disney 華特迪士尼）→句法⑧

- **The hero of my tale–whom I love with all the power of my soul, whom I have tried to portray in all his beauty, who has been, is and will be beautiful – is** Truth.

　（Leo Tolstoy 俄國小說家托爾斯泰）→句法⑨

- <u>Behind every successful man is a woman</u>; <u>behind her is his wife.</u>

　（Groucho Marx 美國喜劇演員馬克斯）→句法⑩

- <u>Seldom, very seldom, does complete truth</u> belong to any human disclosure; <u>seldom can it</u> happen that something is not a little disguised, or a little mistaken.

　（*Emma*，Jane Auten 珍奧斯汀的《艾瑪》）→句法⑩

- I knew Edward would be doing everything he could. He would not give up. <u>Neither would I.</u>　（Bella Swan 貝拉史旺，《暮光之城：破曉》）→句法⑩

筆記欄

十大句法複習：閱讀故事書或雜誌文章

　　掌握常用的十大英文句法，不僅是了解英文句型結構的捷徑，更是了解語意的重要方法。一般英文學習者閱讀英文文章時，不懂的句子往往都是長句、或句型結構比較複雜的句子。遇到這種狀況時，只要先找出最基本的「主詞＋動詞」，看出整體句型結構，即有助於一一拆解，分段了解語意。

　　本章將援引 2010 年 3 月 3 日於 BBC 英語教學頻道刊載的一篇文章〈Alice in Wonderland〉（3D 魔境夢遊）為例，帶領讀者活用十大句法。

　　面對任何不好懂的英文句子，首先要掌握四個原則與步驟：

一、找出**主詞＋動詞**的結構。

二、找出**主要結構及次要結構**（如主要的句子及附屬的片語或子句）。

三、長句往往會造成閱讀的困難，**將長句依照語法結構切成小單元**，有助於語意了解。

四、**依照英文句法去了解語意**，不要翻譯成中文句法。

網址：http://www.bbc.co.uk/ukchina/simp/elt/take_away_english/100303_tae_254_3d_alice_in_wonderland_story.shtml

請先閱讀下列句子：

The ongoing mania for 3D movies continues in the UK this week with the release of an updated version of the classic British children's novel *Alice in Wonderland*.

接著運用上述四個步驟及原則來了解全句語意：

1. 這句話的主詞是「The ongoing mania」，動詞為「continues」，所以主要結構的語意為「這股持續不斷的狂熱＋繼續著（continues...）……」。

2. 找出主要結構「The ongoing mania for 3D movies continues...」之後，接著找次要結構，從「S + V + with the release of...」可看出本句運用了十大句法 4，整體結構為「S + V, with + N」。

3. 這句話很長，可以將之切割成小單元來幫助了解：

The ongoing mania / for 3D movies / continues in the UK this week / with the release
<u>   </u>   <u>   </u>
       S   V
/ of an updated version / of the classic British children's novel *Alice in Wonderland*.

4. 依照英文句法的邏輯結構，可以得知全句講述的是：The ongoing mania / 是 3D movies （針對 3D 電影而來）/ 這個星期（this week）在英國（in the UK）持續 / with（由於，隨著）the release（上映）/ of（……的）一部最新改編版本 / of（……的）一本經典英

國兒童小說《愛麗絲夢遊仙境》

依照以上的邏輯排列，可理解為：這股持續不斷的狂熱，/（什麼樣的狂熱呢？）/，本週正在英國持續中，/ 隨著一部最新的改編版本，/（什麼作品的最新版本？），的上映。

將長句切成一個個小單元來解讀，盡量避免看到句子就直接翻譯成中文句子，而是依照英文的句法來理解各個單元的含意，如此一來將更容易抓住句子的原意。

再閱讀以下兩個句子：

The film is the work of maverick Hollywood director Tim Burton who has carved a niche for himself by "re-imagining" classic films and stories in his trademark Gothic style.

As well as starring Hollywood heartthrob Johnny Depp as the Mad Hatter, the film features a wealth of British talent including Burton's wife Helena Bonham-Carter, while many other British actors supply the voices for the film's CGI characters.

第一句中的「The film is... Hollywood director Tim Burton...」，是屬於「S + V + adj clause」的結構，而第二句中的「As well as starring... the film features..., while...」則融合了兩種句法「Ving..., S + V, adv clause」的結構（十大句法 2＋8），其中「the film features...」是主要結構，也就是此句的主要含意，前面的「As well as starring...」表示一

種狀況或說明，而且主要結構與附屬結構的主詞都是 the film，且為「主動」，故用 starring（Ving），而後面 while 所引導的句子則進一步說明前面主要句子的情境。

　　首先要找出主詞＋動詞的結構，將句子依語法結構拆解如下：

The film / is / the work / of maverick Hollywood director / Tim Burton / who has carved
　S　　V
a niche for himself / by "re-imagining" classic films and stories / in his trademark Gothic style.

這部電影 / 是 / 作品 / 好萊塢鬼才導演 / 提姆波頓 / 已經為自己找到適合的位置 / 藉著「重新想像」經典電影與故事 / 以他招牌的歌德式風格

As well as / starring Hollywood heartthrob Johnny Depp / as the Mad Hatter, /
the film / features / a wealth of British talent / including Burton's wife Helena
　S　　　V
Bonham-Carter, / while / many other British actors / supply the voices / for the film's CGI characters.

加上 / 好萊塢大眾情人強尼戴普主演 / 擔任瘋狂帽客一角 / 這部電影 / 由……主演 / 多位英國明星 / 包括波頓的老婆海倫娜寶漢卡特 / 當 / 其他多位英國演員們 / 提供聲音（配音）/ 為這部影片的 CGI（動畫合成）角色

　　閱讀英文句子時，必須從英文語法來理解或翻譯，而不是中文的句法，如以上例句所示，將句子分解成小段後，意思就已經很清楚了，除非是要翻譯成正確且漂亮的中文，否

則應以英文句法來思考，才可以更了解原意。

　　不論是何種句子，只要先找出主詞＋動詞結構，接著找出主要句子結構及附屬的結構（如片語、從屬子句等），再將句子拆解成小單元，依照各個單字或片語一一了解、個個擊破，整句話的含意就呈現出來了！只要熟悉這種閱讀的原則與方式，多加練習，定能輕鬆閱讀無礙。

　　最後，請以下面這個句子來小試身手：

The film / sees / 19-year-old Alice return to Wonderland / ten years after her original
　S　　　V
adventures, / where she must realize her destiny / and end / the Red Queen's reign
of terror.

這部電影 / 描繪 / 十九歲的愛麗絲回到仙境 / 在她最初冒險的十年後 / 在那兒她必須實現命運 / 並且終結 / 紅皇后的恐怖統治

→此句主要結構為「The film / sees / 19-year-old Alice return to Wonderland / ten years after her original adventures」（這部電影 / 描繪 / 十九歲的愛麗絲回到仙境 / 在她最初冒險的十年後），整體結構屬於「S + V, adj clause」，可分成主要結構（主要子句）與次要結構（從屬子句），可說是十大句法 9「S, adj clause, V」的延伸變化。這裡的動詞 see 用法頗特別，大家熟知的意思為「看見」，但 see 也有「描繪，具……的特色，引起」等意思，筆者在此單用 see 一字來表示，是相當常見、簡單又精闢的用法。

Study Tips

1. 閱讀報章雜誌或故事書，可以先從自己有興趣的文章開始，如體育或是影視娛樂新聞等。不用太在乎新聞用語或是新聞句法，只要找出主詞與動詞，大致的語意就呼之欲出。

2. 英美報紙，其實是有「分眾」的概念。*The New York Times*《紐約時報》、*The Washington Post*《華盛頓郵報》等較為文雅，用字也較難，建議大家可以先從 U.S.A Today、BBC 英語教學頻道或是 *San Francisco Chronicle*《舊金山紀事報》開始看起。網路上都可搜尋到這些報紙的新聞內容。

3. 雜誌也是從有興趣且符合自己程度的著手，不須勉強閱讀 *Time Magazine*《時代雜誌》或 *Newsweek*《新聞週刊》。有些時尚、文化、影視娛樂雜誌也很精彩，如 *ELLE*、《柯夢波丹》、*Atlantic Monthly*《亞特蘭大月刊》、*LIFE STORY*、*TiGER beaT*、*Blast* 等雜誌也是可以入手的，若想閱讀專為青少年打造的雜誌，則可以選擇如 *Seventeen*、*Cosmo Girl*、*ELLE GIRL* 等。從休閒生活等雜誌著手，培養英文閱讀的興趣。

4. 國中生也可以從閱讀故事書開始，如童話故事（本章所提的 *Alice in Wonderland* 等）。

主要結構與從屬結構

　　英文句子都是由主詞與動詞所構成，但是想要表達較複雜的語意時，很難只用一個句子就可以將意思完整表達，有時必須先說明一個狀況，或是將結果列出之後，才能夠將主要含意說清楚。舉例說明如下：

When I heard my baby girl say her first word, / my heart was filled with joy.
<u>從屬結構</u>　　　　　　　　　　　　　　　　　　　　<u>主要結構</u>

當我聽到我的寶貝女兒說出她第一個字 / 我的心充滿喜悅　　　　　　　（99 年國中第一次基測）

　　所以較為複雜的英文句子會包含「主要子句」與「從屬子句」兩個部分：主要子句是整句話的主要論點，而從屬子句則用來補充說明，或是附屬在主要觀念的句子。依照附屬子句在主要結構中的功能，可以將從屬的結構分成三大類：

- 形容詞子句（that、which、who）：修飾主詞及其他名詞（人、事、物）
- 副詞子句（because、if、when、while、as）：表示狀況、原因、條件、時間等
- 名詞子句（that）：當作主詞或動詞後面的受詞

In this five-person game, / the one / who finds the most hidden balls / will win the last
　　　　　　　　　　　　　　S　　　　　形容詞子句　　　　　　　　　V
free ticket / for the movie *A Born Player*.

在這場五人比賽中 / 那個人 / 發現最多隱藏的球 / 將會贏得最後一張免費票 / 電影《天生好手》的

(99 年國中第一次基測)

→ who finds the most hidden balls 是形容詞子句，修飾前面的主詞「the one」，主要子句則是：
the one... will win the last free ticket for the movie *A Born Player*。

<u>Duncan</u> / <u>was called</u> / the mother of modern dance / because / she brought / lots of
  S   V

主要結構   從屬結構（副詞子句）

new ideas / into the dancing of her time.

鄧肯 / 被稱為 / 現代舞之母 / 因為 / 她帶了 / 許多新想法 / 進入她那個時代的舞蹈

(98 年國中第二次基測)

→ because 所引導的為副詞子句，表原因，修飾前面的主要子句。

I'm sorry / to learn / that some of them / don't really enjoy biking / or get hurt on the road /
S+V   附屬結構（名詞子句）

主要結構

because they don't prepare well.
附屬結構（副詞子句）

我很遺憾 / 得知 / 他們之中有些人 / 不是真的喜歡騎單車 / 或在路上受傷 / 因為他們沒有好好準備

→ that 所引導的名詞子句作為動詞 learn 的受詞; because 引導的副詞子句修飾前面的主要子句,表原因。

Albert usually brings a camera with him / when he takes a trip, / so that he can write
　　　　　主要結構　　　　　　　　　　　附屬結構 1(副詞子句)　　附屬結構 2(副詞子句)

down what he sees on the road.
亞伯特通常隨身帶著一台相機 / 當他旅行的時候 / 以便他能寫下他路上所看到的東西

(97 年國中第二次基測)

→此句比較複雜,有兩個副詞子句,第一個副詞子句 when he takes a trip,表時間,第二個副詞子句 so that he can write down what he sees on the road,表目的,so that 意為「以至於,以便」。

　　由以上例子可知,遇到複雜的從屬結構,不用太過擔心,而有時其實也不必去煩惱這些句子是哪一種子句。只要記住一點,遇到較為複雜的長句時,最重要的是先將主要的結構找出來,而從屬的子句結構,通常是用來補充說明或描述某種狀況,可以與主要結構分開閱讀。

　　再請大家依照先前提過的閱讀原則，試著解讀自己以前讀過較難的文章，或國高中課本。

　　不論閱讀何種句子或文章，最主要的仍是先找出主要的主詞與動詞結構，其餘的從屬觀念則依附在其主要含義。寫作亦然，一樣先將主要結構的主詞及動詞寫出來，完成主要結構的語意表達之後，再添加各項子句（如名詞、形容詞、副詞子句等）來表達從屬的語意，如此一來，「英文造句」就變得很容易了。**簡而言之，英文就是以主要結構為主，然後繼續延伸其語意（利用片語、修飾語、子句等）的一種語言形式。**

　　全民英檢初級的寫作能力測驗，可說是以此為思考與解題的大方向，以全民英檢初級預試為例：

1. I have a brother.

   My brother is studying Chinese in college.（用 who）

   _____

2. He got home.

   His brother told him the bad news.（用 as soon as）

   _____

　　兩題都是合併句子的題型，只要按照提示，找出主要結構與從屬結構，再合併起來即可！

第一題須以 who 所引導的形容詞子句，修飾主要結構中的 a brother，解題步驟為：

主要結構：I have a brother

從屬結構：who is studying Chinese in college

合起來：I have a brother / who is studying Chinese in college.

　　　　我有一個兄弟 / 正在大學讀中文

　　第二題須以連接詞 as soon as（一……就……）引導的副詞子句，修飾主要子句，解題步驟如下：

主要結構：his brother told him the bad news

從屬結構：as soon as he got home

合起來：As soon as he got home, / his brother told him the bad news.

　　　　他一到家 / 他兄弟就告訴他這個壞消息

ook Further

※畫線部分為從屬結構，粗體字部分為主要結構※

· **Quality is remembered long** <u>after the price is forgotten.</u>　　　　（Gucci 古馳廣告標語）

- No matter what a woman looks like, if she's confident, **she's sexy.**

（Paris Hilton 派瑞絲希爾頓）

- *Luda*

  When I was 13, ***I had my first love,***

  There was nobody *that compared to my baby,*

  And nobody came between us or could ever come above.

  She had me goin' crazy,

  Oh I was starstruck,

  She woke me up daily,

  Don't need no Starbucks.

  She made my heart pound,

  And skip a beat *when I see her in the street and,*

  At school on the playground,

  But I really wanna see her on the weekend,

  She know *(that) she got me gazin',*

  Cuz she was so amazin',

  And now my heart is breakin',

  But I just keep on sayin'...

——美國歌手 Justin Bieber（小賈斯汀）與嘻哈巨星 Ludecris（路達克里斯）演唱的〈Baby 寶貝〉中的饒舌歌詞（rap）

Study Tips

西洋歌曲的歌詞，一般而言格式與文法往往偏口語和非正式用法，但只要活用《一生必學的英文文法一基礎版》，掌握基本結構，依然可以輕鬆了解主要含意喔！

筆記欄
NOTES

時態

使用英文，除了必須熟悉句法，另外需要特別注意的文法是英文的「時態」。中文會使用時間副詞（如昨天、三天前等）來表示時間的狀態，而英文除了時間副詞之外，也可以用動詞的變化或是使用一些輔助字（如 have）來表示不同時間的動作狀態。

一般來說，我們所需要掌握、也最常用的時態有三種：現在、過去與未來。其實在日常生活中，最常使用的時態應該是過去式。談論以前的事情、描述過去發生的事件或是說故事，都必須使用過去式；現在式則是用以描述現在的狀態、事實或是討論分析某種觀點、看法等；未來式就用在描述將要發生或尚未發生的事件。請見下列圖示，即可一目瞭然：

V-ed　　　　現在 V（原形動詞）、第三人稱單數加 s　　　　　　　will、shall + V

　　　　　　　　　　　　　　　　　　　　　　　　　　(is / are / am / + going to + V)

〈 ─────────────┼─────────────────────┼──────── 〉

過去　　　　　　　　　　現在　　　　　　　　　　　　　　未來

此外，除了三種時態之外，還有兩種狀態的概念：進行及完成，「進行」表示一個動作正在進行或運作；而「完成」則表示從 A 時間點到 B 時間點、在一段時間之內持續的動作狀態。

運用三種時態加上進行及完成，就可構成很多種時態的組合，請大家以書中所列的實用時態用法為主，其餘的時態較少出現、也很少使用，建議無須花太多的時間去記，以免因為規則太多，而造成混淆且增加困擾。

● 主要的時態用法：

- 現在式：V or V (-s, -es, -ies)（狀態、事實、討論分析）
- 現在進行式：be + Ving（正在發生的事）
- 過去式：Ved 或其他動詞的過去形式（表示過去發生的事件）
- 未來式：will / shall + V 或 is / are / am going to + V（未來發生的事）
- 現在完成式：have / has + p.p.（表示「現在已經完成一件事物」的動作，或是從過去持續到現在為止的動作或狀態）

大家也可以藉由下圖來幫助記憶：

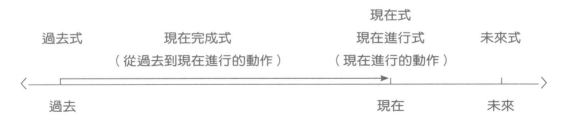

建立基本且重要的時態觀念之後，就可以輕易掌握英文句子時間的變化，請看下面這一段英文：

A small town **has** a good chance of starting a new business that can bring in a lot of money, if it **has** something special to be proud. One example **is** Gukeng town of Yunlin, Taiwan. Gukeng **has** long **been** famous for growing good coffee, but the town **didn't start** to make much money from it until some years ago. As more and more people **have visited** Gukeng for its coffee, the coffee farmers **have begun** to open their farms to the public. At these farms, people **can have** the fun of finding out where coffee comes from.

（99 年國中第二次基測）

→這段英文包含了現在式、過去式、現在完成式。第一句 A small town has... 用現在式，動詞是 has，表現在的事實，接著 if 連接的另一個句子 it has something special...，與第二句的 One example is... 同樣都用現在式，表現在的事實。第三句以 but 連接，第一個子句 Guken has long been famous for growing good coffee,...（古坑長久以來一直以種植好咖啡聞名，……）的時態為現在完成式，表示從過去到現在一直持續的狀態：古坑一直很有名；but 連接的第二個子句 the town didn't start to make money... until some years ago. 表示「此城直到幾年前才開始……賺錢。」，明確指出 some years ago 這個過去的時間，故用過去式，動詞的否定型態為 didn't start。倒數第二句 As more and more people have visited Gukeng..., the coffee farmers have begun to...，主要結構和從屬結構的時態都是現在完成式，以 have visited 和 have begun 說明從過去到現在為止的狀況。最後一句：At these farms, people can have the fun... where coffee comes from. 再次說明目前真實的情況，故用現在式助動詞＋動詞 can have，全句的意思是「在這些農場裡，人們可以發現咖啡來自什麼地方而玩得很開心」。have the fun of... 表示「因某件特定的事而玩得很盡興、開心」。

　　閱讀時，英文的時態有時並不是關鍵，因為大多數句子的句尾都會有表達時間的副詞，所以即使忽略了動詞時態，也不會因此造成誤解；但是在寫作或是口語表達時，就必須特別注意時態，以免造成表達上的謬誤。例如，句子用了過去式，即表示現在不再存在，有時也表示一種對於現在的否定，例如：My brother was a hard-working student.，直譯為「我哥哥以前是一個用功的學生。」此句可能有兩種意思：一、我哥哥現在已經不是用功的學生了；二、我哥哥已經不在世上了。請再閱讀下例：

Jim **grew up** / with many animals / at home / and / **knows** well / how to take care of
　　 S 　 V 　　　　　　　　　　　　　　　　　　　　　　　　 V

pets.

吉姆長大 / 和許多動物 / 在家 / 而且 / 相當知道 / 如何照顧寵物　　　　　　（98 年國中第二次基測）

→ grew up 的時態是過去式，動詞 grew 是 grow 的過去式，表示過去在家和許多動物一起「成長」的狀態，但現況並非如此表示現在已沒有動物在家；and 所連接的另一個句子 (he) knows well...，用現在式的動詞 knows，表示「（他）現在相當知道……」，由於過去與動物一起成長，因此現在知道如何照顧動物。

Look Further

※粗體字部分為動詞，請試著分辨使用何種時態，無須查閱不懂的單字※

Thomas Edison **tested** more than 6,000 different materials for just one tiny part of the light bulb that he **invented**. Think about that--6,000 tests. J. K. Rowling's first *Harry Potter* book **was rejected** 12 times before it **was** finally **published**. Mozart **was** a musical prodigy, but he **practiced** for hours each day — accumulating thousands of hours at the piano by the time he **was** just six years old. I **understand** that your boys' basketball team **did** pretty good. (Applause.) First state champions for the first time in 59 years. That **didn't happen** by accident. They **put** in work. They **put** in effort.

So, today, you all **have** a rare and valuable chance to pursue your own passions, chase your own dreams without incurring a mountain of debt. What an incredible gift. So you**'ve got** no excuse for giving anything less than your best effort. (Applause.) No excuses.

（美國總統歐巴馬於 2010 年 6 月 7 日對美國密西根州卡拉馬助夫高中 Kalamazoo Central High School 畢業生演講摘錄）

講稿引自「白宮」官方網站：http://www.whitehouse.gov/the-press-office/remarks-president-kalamazoo-central-high-school-commencement

Study Tips

1. 英文常用的時態僅有「現在式」、「過去式」、「未來式」與「現在完成式」。只要了解各個時態的用法即可。

2. 注意語意區別：有些時態會影響語意，如「過去式」或「現在完成式」。「過去式」表示已經發生，但現在不存在。「現在完成式」（have + p.p.）表示過去發生，現在依然持續的動作或狀況。

3. 平常練習以「過去式」為主的口語英文，對時態的掌握很有幫助，像是學著用英文述說昨天發生的事情，如：I went to a great restaurant yesterday. I had a wonderful dinner with my mother. She ate only vegetables...

被動

　　「被動」是英文中必須掌握的重要用法之一，其實所謂的被動即表示主詞承受某項動作，使用被動語法時，只須注意相關原則，有時候會因為使用時機、修飾語、動詞的用法不同，而出現一些例外情形，這時只須查閱字典，找出對應字詞、片語等的正確用法即可，不必刻意去背誦例外用法。

　　被動：被動有承受、遭受的意思。主要是表示主詞（人、物、事）承受某些動作或是遭受某些狀況。

　　基本句型：

> 主詞＋ be 動詞＋過去分詞（V-ed）（＋ by~）
> →人、事、物＋ am / are / is / was / were ＋動詞 ed 或 en（過去分詞）

　　國中基測的考題中也常出現被動用法，如接下來的例子所示：

Ms. Wang thought / she lost her ring / last night. / But this morning / she found / that it was on the table / and was covered by a book.

王小姐以為 / 她弄丟了她的戒指 / 昨晚 / 但是今天早上 / 她發現 / 戒指在桌上 / 而且被一本書蓋著

（97 年國中第二次基測）

→此例的重點在於 it was on the table and (it) was covered by a book，主詞皆為 it（the ring），第一句是主動用法，第二句從句意可以看出是標準的被動句型：「it（主詞）+was（be 動詞）+covered（過去分詞）+by a book」。

I / let / the meat / cook too long, / so / it was burned / black.

我 / 讓 / 這塊肉 / 煮太久 / 所以 / 它被燒焦 /（成為）黑色

→這一句以 so（所以）連接兩個句子，第一句是主動用法，第二句是被動句：「it（the meat）+was（be 動詞）+burned（過去分詞）+black (+by me)」，重點在於肉被烤焦變成黑色，且把肉烤焦的人（I）在前面即已點明，故 by me 可省略。

The first typhoon of this year is coming fast from the Green Sea. Although it will not arrive until tomorrow, strong winds and heavy rains are here already. It is quite windy in Greenton. **The city's famous bright sun cannot be seen** today because the rain is going to last all day. Greenton's temperature today is 21-24℃.

Ferilla is also windy and rainy. **Its beautiful beaches are closed** because of the typhoon. People who want to have a vacation there will have to change their plans. The city's temperature today is 20-24℃.

（96 年國中第二次基測）

→這兩段文字巧妙運用了主動語態與被動語態，使文章看起來更有畫面與變化。請大家同樣先找出最基本的主詞+動詞結構，再來判斷是主動或被動。

第一段

　　第一句的主詞是 The first typhoon of the year，動詞是 is coming，是使用「主動」語態的標準句型，下一句話以 although（雖然）來連接兩個句子，主要句子的主詞為 strong winds and heavy rains（強風豪雨），動詞為 are。第三句是表天氣的標準句型：「It（主詞）+is（be 動詞）+quite windy（表天氣的形容詞）+in Greenton.」，說明 Greenton 的風相當大；接著承接上一句的 Greenton，繼續說明這個城市的狀況，以 the city's famous bright sun（該市知名的燦爛太陽）開頭作為主詞，並運用被動語態 cannot be seen，表示「不能被（人）看見」，後面再以 because 連接的子句說明原因。最後一句的主詞為 Greenton's temperature（Greenton 的氣溫），動詞為 is。

第二段

　　第一句的主詞為另一個城市 Ferilla，動詞為 is，此句說明天氣狀況為颶風下雨。第二句的主詞繼續說明 Ferilla 的情形，並採用被動句型：Its beautiful beaches（主詞）+are（be 動詞）+closed（過去分詞）。下一句採用十大句法 1「S + (...) + V」，主詞為 People，動詞為 will have to change（將必須改變），中間的 who 子句用來修飾主詞。最後一句與上一段相同，都以描述氣溫作結，主詞為 the city's temperature，動詞為 is。

從這兩段文字可以看出使用被動除了語意的強調外，也有承接上下文的功能。

最後要特別提出一個相當重要的觀念，在大部分的情況之下，主動與被動，由於語意不同以及上下文轉折的關係，兩者是不能互換的，所以建議您不必做被動與主動的文法互換練習，只要認清上下文或是語意，判斷應該使用被動還是主動即可。此外，有些動詞的主詞如果為「人」時，則須使用特殊的被動語態，例如：人＋ be interested（surprised, excited, bored, tired 等），可參考字典中這些動詞的使用時機。

Look Further

- **I was thrown out of college** for cheating on the metaphysics exam; I looked into the soul of the boy next to me. （Woody Allen 伍迪艾倫）

- All truths are not to **be told**. （英文諺語）

- The truth. **It** is a beautiful and terrible thing, and **must** therefore **be treated** with great caution. （J. K. Rowling 《哈利波特》作者羅琳）

Study Tips

1. 被動的表達形式在英文很常見，但在中文卻不明顯，如：我很累了（中文主動）；I am tired / exhausted.（英文被動）。

2. 英文的被動形式，其實在語意的表達上，有時仍是主動含意，只是動詞本身的用法以被動形式呈現，如 be excited, be interested, be tired 等。

筆記欄
NOTES

比較級

　　英文文法中，除了句法及時態之外，「比較」的用法也相當特殊，雖然語意與中文大致相同，但必須特別注意所使用的修飾語要如何變化及其用法。使用比較級時，僅需注意大原則，只是有時候會因為使用時機不一樣，或是修飾語、動詞的用法不同，而有例外，一旦遇到例外用法時，只須查閱字典，找出相關字詞的用法即可，不用刻意背誦。

　　所謂比較級，就是把某一樣人或東西，與另一樣人事物作比較，此類文法的語意與中文略同，可分為兩者的比較與兩者以上的比較：

　　兩者的比較：A 跟 B 比，或是主詞本身自己跟自己比較（現在的自己與過去的自己比、與不同狀況的自我比較等）

　　句型如下：

> 主詞 + be + adj-er (or more adj) + than ~
> 主詞 + 動詞 + adv-er (or more adv) + than ~

　　意思就跟中文的比較頗為類似，比如說：什麼比什麼好、什麼比什麼差，英文例子如下，無須知道整句翻譯，只要了解是誰與誰比較即可：

[1] Are you smarter than a 5th grader?（你比小五生聰明嗎？）

Most Japanese live longer than their Asian neighbors.（日本人比亞洲鄰國人民活得久。）

With the help of the computer, / we can work more efficiently than the earlier generations.

（由於電腦的協助 / 我們比前幾代的人工作更有效率）

She is wiser than before.（她比以前更聰明。）　　　　　　　　（99 年國中第二次基測）

　　再次重申，比較級不一定是兩個不同的人事物做比較，也可以是「自我的比較」，上述最後一例即表示**現在**的她比**過去**的她更聰明，此句亦可寫成：She is wiser than **she was** before.

　　有時候，除了比誰好、比誰多之外，還可以用 less（more 的相反詞）來表示「程度比較小、差、少」，茲舉德國文豪歌德（Johann Wolfgang von Goethe）的一句名言為例：

Thinking / is more interesting / than knowing, / but / less interesting / than looking.

思考 / 更有趣 / 比起了解 / 但是 / 更不有趣 / 比起觀看

→此例以 but 連接兩個句子，第一個句子以 thinking 與 knowing 作比較，表示 thingking 比 knowing 更有趣，而第二句則是 thinking 與 looking 作比較，而 thinking 比 looking 更不有趣。

---

[1] 美國福斯電視台的一個益智節目名稱，類似台灣的《百萬小學堂》。

　　另外，除了比出好壞高低優劣……等等之外，英文中兩者的比較還有一種：兩者比較的部分一樣，句型如下：

名詞（主詞）+ be + as adj as + 名詞

名詞（主詞）+ 動詞 + as adv as + 名詞

　　先舉 98 年國中第一次基測的試題為例：

Are things / as simple as / black or white?

事情 / 跟……一樣簡單 / 是非黑白、對錯？

The music is not / as exciting as / it should be / during exciting moments.

音樂不如 / 一樣刺激 / 它應有的 / 在刺激的時刻

→第一句是 things 和 black or white（是非黑白、對錯）作比較，比較「simple」的程度。

→第二句中的 the music 就是 it，所以是自我的比較，比較的是「exciting」。

---

　　99 年國中第二次基測亦出現類似的考題：

I / did not want to follow / any rules, / and / I was / as angry as / the burning sun in the summer sky.

我 / 不想要遵守 / 任何規則 / 而且 / 我 / 如……一樣生氣 / 夏日天空中的炎熱太陽

→此句是 I 和 the burning sun in the summer sky 作比較,比較 angry 的程度。從此例也可看出 as... as...(和……一樣)也是一種譬喻的用法。

請再看以下兩例:

Susan is / as intelligent as / the other girls in class.
蘇珊 / 一樣聰明 / 班上其他女孩

Even without the help of the computer, / Paul can work / as efficiently as / the others in the office.
即使沒有電腦協助 / 保羅可以工作 / 和……一樣有效率 / 辦公室中其他人

→兩句都是主詞和 the others 作比較,第一句比的是 intelligent(adj);第二句比的是工作的效率,修飾動詞 work,故用 efficiently(adv)。

兩者以上的必較:比較的對象超過兩個以上,表示出什麼是「最……的」。

主詞+動詞+ the best、the most + adj / adv

He / is / the cutest thing / I've ever seen.

他 / 是 / 最可愛的東西 / 我曾看過的　　　　　　　　　　　　　　　　　　(99 年國中第二次基測)

→本句是兩者以上的比較，表「最……的」的標準句型。另外，不知大家有無看出中、英文其中一個不同之處，中文裡最好的只有一個，而英文的最高級卻可以有很多個，例如：「She is one of the most beautiful girls I have ever seen in my life.」，其中 one of the most beautiful girls 表示「最美麗的女生之一」。

Look Further

※請看以下 99 年第二次國中基測的一則閱讀測驗，其中融合了不同的「比較」用法。※

Yellow Dress

By Janet Lee

Mary had a yellow dress
Bought from the department store.
①**It looked as beautiful as the moon,**
And as bright as the sun.

Mary wore all the time
The yellow dress I felt so right.

Every day from day to night
I saw her in the dress so bright.

② **"Buy me a yellow dress,"**
I cried to Mom and Dad,
"As beautiful and bright
As the dress the girl living near has!"

I cried and cried and cried,
Until they said with sad eyes,
"We need food for your baby sister,
And clothes for your coming brother."

Since then I've learned
③**Mary's yellow dress**
Is better to dream of
Than to ask for.

→①運用了兩者的比較（A 與 B 比），其中 It 即指 Mary's yellow dress（瑪莉的黃洋裝），句型為：**名詞（主詞）**+ be + as adj as + **名詞**，也就是 It 與 the moon 比 beautiful（美麗）的程度；it

並與 the sun 比較 bright（明亮）的程度。

→②此句可寫成："Buy me a yellow dress, which is as beautiful and bright as the dress the girl living near has!"，句型依然為：**名詞（主詞）**+ be + as adj as + **名詞**，為 A（a yellow dress）和 B（the dress the girl living near has，住在附近的女孩有的那件洋裝）之間的比較，比的是 beautiful and bright 的程度。

→③...Mary's yellow dress is better to dream of than to ask for. 是不同狀況的自我比較，表示瑪莉的黃洋裝，to dream of（夢想擁有）比 to ask for（強求）一件還要好。

Look Further

• Wagner's music is **better than** it sounds. （Mark Twain 馬克吐溫）

→兩者的比較（自己和自己作比較）

• Imagination is **more important than** knowledge. （Albert Einstein 愛因斯坦）

→兩者的比較（A 跟 B 比）

• Family is **the most important** thing in the world. （黛安娜王妃）

→兩者以上的比較（最……的）

Study Tips

1. 比較級指的是人與人、物與物的比較，比較好一些用 more，差一些用 less，如 more beautiful, more convenient 或是 less convenient。

2. 其他一些較複雜的比較用法，如 no... more than 或是 no... less than 等用法，可以暫時放一邊，不用花太多時間去理會這些修辭的用法。在國際英文溝通或是現階段的英文考試中，這些委婉的說法不太會出現，大多是直接、清楚的敘述方式。

條件句與假設法

我們在使用英文時,除了必須知道基本英文句法的使用之外,還要注意有哪些用法跟自己的母語有所不同。之前提過的時態、被動、比較等觀念,在使用上都與中文的表達不同,因此文法的規範對正確使用英文就很重要。本章要介紹英文中比較特殊的用法:用 if 來表示「條件」或「假設」。

● 條件句:

所謂的條件句(if A, 則 B),表示所描述的內容在未來有可能成真,如 If I study hard, I will get good grades.(如果我認真讀書,我就會得到好成績。)準備國中基測的學生只要了解**條件句**的表達即可。

・未來有可能成真的條件句:If + A(現在式), 則 B(現在式或未來式)

If S + V(現在式), S + V(現在式)/ will (can, should, may) + 原形動詞

---

99 年國中第二次基測的閱讀測驗中即出現了頗多「條件句」,再次提醒大家,這些都意味著「有可能發生或成真」,整理如下:

If S + V（現在式）, S + V（現在式）

A small town has a good chance / of starting a new business / that can bring in a lot of money, / if it **has** something special / to be proud of.

一個小鎮有一個好機會 / 開創一種新事業 / 可以帶來大量金錢 / 如果它有某個特別的東西 / 可以引以為傲的

→本句為標準「if A, 則 B」的條件句，表示小鎮可能有機會開創新事業，條件是要有某種值得驕傲的特殊事物。

If S + V（現在式）, S + will（can, should, may）+ 原形動詞

If that happens, / I **will** help children.
如果那件事情發生 / 我會幫助孩童

If he can leave the hospital and come home, / I **will** give away all my money / to the hospital.
如果他出院並回家 / 我會送我所有的錢 / 給醫院

If I can turn into a smart and beautiful girl, / I **will** share all my clothes / with my sisters.
如果我可以變成一個聰明又美麗的女孩 / 我會分享我所有的衣服 / 與我的姊妹

→以上三句都代表只要 if 子句成立，就可以達成主要子句所描述的內容。

● 假設法：

　　至於英文的假設法，主要是指所描述的事件或情況是一種假設（如果）的概念，與真正的狀況（事實）不同或相反，像是 If I were a bird（假如我是一隻鳥），實際狀況與句子的描述完全不同，因為我（人）不可能是鳥！

　　中文遇到欲表達假設的狀況，通常會以上下文的語意脈絡，或是運用「如果」、「假設」等詞語來表示，而英文則會使用動詞的時態變化來顯示假設的狀況與真實的狀況不同。一般來說，因為時間不同，假設的表達主要有三種：與現在事實不同、與過去事實不同、與未來事實不同。

- **與現在事實不同的假設：過去式 were or V-ed**
- **與過去事實不同的假設：過去完成式 had + Ved / would (should, might) have + p.p.**
- **與未來事實不同的假設：were to + V**

　　由於語意不同，其實假設法也會出現一些不同的變化，如可能性很低的一種假設或是隱含嘲諷味道的假設，就會有不同的表達方式，但是這些狀況實際上很少出現，建議大家忽略那些不常見的用法，只要牢記書籍、報章雜誌或考試中常常出現的假設狀況即可。

　　假設法可以用下面的方式來表達：

1 與現在事實、狀況相反或是不同：If S + were (or Ved), S + would (should, might) + V

If woman **didn't** exist, / all the money in the world / **would have** no meaning.

如果沒有女人的話 / 世上所有的錢 / 就沒有意義了 （Aristotle 亞里斯多德）

→真實情況是「世界上有女人」，因此這句話用了與現在事實相反的假設。

How dreary / **would be** the world / if there **were** no Santa Claus!

多麼無趣 / 這個世界會是 / 如果沒有聖誕老人的話 （出自高中課本）

→此句表示「假如沒有聖誕老人，世界會多無趣！」，但事實上作者認為聖誕老人是存在的，因此敘述與事實不符。

2 與過去事實或是狀況相反或不同：If S + had Ved, S + would have + Ved

If Steve **had not dropped** out of school 10 years ago, / he **would not have had** a chance / to start his business.

如果十年前 Steve 沒有休學 / 他就不會有一個機會 / 去開創他的事業 （出自高中課本）

→實際上的狀況是那時 Steve 休學了，所以此句與過去事實不符。

3 與未來事實、狀況相反或不同：If S + were + to V, S + will (shall) + V

Live / as if you **were to die** tomorrow.

活著 / 有如你明天就會死亡 （Gandhi 印度聖雄甘地）

→這句話比喻人們要好好掌握生命,「有如明天將會死亡」,但事實上明天並不會死,故運用與未來事實相反的假設用法。

此外,假設的用法也常可單獨存在使用,無須使用 if 引導的從屬子句,只以一句主要子句表示,例如:

I wish / my mom and dad **would be** nice to each other / and get together again.
我希望 / 我的爸媽可以對彼此好 / 並再次在一起　　　　　　　　　　（99 年國中第二次基測）

→本句表示「與現在事實、狀況相反或是不同」,實際上的狀況是說話者父母並沒有對彼此好一點,也沒有在一起。英文中 **S + would + V** 常表示假設用法。

It was wonderful / to find America, / but it **would have been** more wonderful / to miss it.
是美好的 / 發現美洲 / 但是會更加美好 / (假如) 錯過它　　　　　　（Mark Twain 馬克吐溫）

→想要表示過去應該做卻沒做,就用:should (would) + V。馬克吐溫說這句話時用了 would have been...,即表示他認為過去應該不要發現美洲,才會更加美好。

I think / you **should** / **ask** someone else for help.
我認為 / 你應該 / 要求別人幫忙　　　　　　　　　　　　　　（99 年國中第二次基測）

→句中的 should ask someone else... 表示現在應該找別人幫忙，卻沒找。

Why can't you share your bed? / The most loving thing to do is / to share your bed with someone. / It's very charming. / It's very sweet. / It's / what the whole world **should do.**

為什麼你不能分享你的床 / 要做的最親愛的事情是 / 和某人方享你的床 / 它非常迷人 / 它非常貼心 / 它是 / 全世界都應該做的事　　　　　　　　　　　　　（Michael Jackson 麥可・傑克森）

→ what the whole world should do 表示麥可傑克森認為全世界應該分大方分享床鋪（睡覺的地方），但是卻沒有做到。

　　假設法的用法其實在口語中較少出現，但是在寫作文章中，尤其是演講或論述，則常常出現，這種表達方式，主要是透過一種假設的狀態，來間接提出不同的看法或是強調某一種看法。

And I **would not be standing** here tonight / without the support of my best friend for the last 16 years, / the rock of our family, / the love of my life, / the nation's next first lady Michelle Obama.

我今晚就不可能站在這裡 / 如果沒有我最好的朋友過去十六年來的支持 / 我家的支柱 / 我一生最愛 / 美國下一任第一夫人米雪兒歐巴馬　　　　　　　　　　　（2008 歐巴馬當選演說）

→歐巴馬的演說其實並非想像中的難，有些不懂的單字其實可以略過不看，只要掌握主要含意即可。歐巴馬在演說中表示今晚可以站在這裡，都是因為太太的關係，但為何不用一般的敘述，而用此種假設？上句中的假設法主要是修辭的一種表現，間接表示自己因為「太太」的關係，完成了本來做不到的事，也以這種語法「凸顯」太太的重要性。

Look Further

- What **would** you **do** if you **knew** you could not fail?　　（Robert H. Schuller 羅伯舒樂牧師）
  →與現在事實、狀況相反或不同的假設

- ... **if I'd** just **been** born black, I **would** not **have** to go through all this.

  （Eminem 阿姆）

  →與過去事實、狀況相反或不同的假設

- If someone **were to harm** my family or a friend or somebody I love, **I would eat** them. I might end up in jail for 500 years, but I would eat them.　　（Johnny Depp 強尼戴普）
  →與未來事實、狀況相反或不同的假設

- Without music, life **would be** a mistake.　　（**Friedrich Nietzsche** 尼采）
  →與現在事實、狀況相反或不同的假設（單獨存在，沒有 if）

• Being a housewife and a mother is the biggest job in the world, but **if it doesn't** interest you, don't do it - **I would have made** a terrible mother.

（**Katharine Hepburn 凱薩琳赫本**）

→條件句＋與過去事實、狀況相反或不同的假設

• I'm really bummed we didn't win Best Kiss. We **should have rehearsed** a bit more.

（Nicole Kidman 妮可基嫚在 MTV 電影獎頒獎典禮對 Ewan McGregor 伊旺麥奎格所說的話）

→表過去應該做卻沒做的假設

Study Tips

1. 英文的假設法，大多為一種修辭概念。在現今講究直接且清楚的國際英文（Global English）中，假設法越來越少在國際場合中出現。

2. 母語人士常使用 could have + p.p. 或是 could + V 表示應該做卻沒做，這是假設法在口語或是書寫中，較常出現的用法。

3. 其餘假設法的用法，暫時放在一旁吧！

應用篇

閱讀英文報章雜誌

　　從十大句法到假設法，我們已經將英文中重要的文法大抵講完。在閱讀、寫作或是口語練習時，對於這些文法應該以「應用」為主，也就是這些文法是協助我們理解一篇文章或是協助我們撰寫合乎英文語法的句子。文法並非阻礙學習的規則。我建議，首先習慣英文的句型與語法，掌握一些基本的規則（如時態、比較、假設等），接著熟悉英文字詞的用法，而非記憶複雜的文法規則。

　　切記，只要運用目前為止所學的文法（主要以十大句法為主），掌握關鍵的**主詞＋動詞**，一樣可以解讀難度較高的英文報章雜誌，以下列出美國 *Time for kids* 雜誌給青少年閱讀的文章做範例：

　　What would you do if you found out you were the son of a Greek god? That's the big question that teenager Percy Jackson faces in the new movie *Percy Jackson & the Olympians: The Lightning Thief*, now playing. The film is based on the hit adventure series by author Rick Riordan. *The Lightning Thief*, published in 2005, is the first of five books in the set.

　　When the story begins, Percy is just an everyday American teenager dealing with regular high-school problems. That is, until he discovers that he's the son of Poseidon, god of the seas. Percy is a demigod — half-human and half-god. This might not be a good thing, though. Zeus, the king of all gods, has accused Percy of stealing his lightning bolt. Now, the confused teen must prove his innocence and prevent an all-out war from breaking out.

To prepare for this dangerous mission, Percy is sent to a special camp for demigods. There, he meets the fiery Annabeth, daughter of the goddess Athena. Percy also learns that his friend Grover is really a satyr (half-human, half-goat) and his protector. Together, the three heroes embark on a journey from New York City to Hollywood, and from the depths of the Underworld to the home of the gods, Mount Olympus. Can they save the world before the gods destroy it?

2010 / 2 / 12《Time for Kids》〈From Zero to Hero: Percy Jackson & the Olympians: The Lightning Thief charges into movie theaters〉By Vickie An

網址：http://www.timeforkids.com/TFK/kids/news/story/0,28277,1964096,00.html

Time for Kids 介紹

網址：www.timeforkids.com / TFK / kids

Time For Kids 除了每週更新時事新聞之外，還有依年級分類的 *Time for Kids* 雜誌內容，以及按照每本雜誌所編的閱讀理解問題與學習活動，這是給具備基礎程度的讀者閱讀，或許你已經不是小孩了，還是可藉著 *Time for Kids* 所提供具新聞性與知識性的文章，增進英文能力。

　　這篇報導的開頭問了讀者一個問題：「如果你是希臘神明之子？」接著帶出暢銷小說改編的電影主人翁波西‧傑克森，以及最新的電影《波西‧傑克森：神火之賊》。這種先以一個問題開始，先吸引讀者的目光之後，再漸漸帶出一個目前全國、甚至是全球都關注的話題與新知，是非常典型的新聞英文寫法，也是值得學習的英文敘述及寫作方式。

　　第一句話是問句，主詞是 you，動詞為 do，句型很簡單，但加上 if 連接的子句，就成為語意比較複雜的句子，只要將這一段文字，依照之前所提的文法句型觀念，拆解成一個個簡單的小單元，以方便理解：

句型解析：

粗體字為主詞＋動詞的結構

What would **you do** / if you found out / you were the son of a ~~Greek~~ god? / **That's** the big question / that teenager Percy Jackson faces / in the new movie *Percy Jackson & the Olympians: The Lightning Thief*, / now playing. / **The film is based** / on the hit adventure series / by author Rick Riordan. / ***The Lightning Thief***, / ~~published~~ in 2005 / , **is** the first of five books / in the set.

你會怎麼做 / 如果你發現 / 你是希臘神明之子 / 那是大問題 / 少年波西‧傑克森面對 / 在新片《波西‧傑克森：神火之賊》之中 / 現正上映中 / 電影以……為基礎 / 熱門冒險小說系列 / 被作者雷克‧萊爾頓寫的 / 《神火之賊》 / 二〇〇五年出版 / 是五本書中的第一本 / 整個系列中

第一段的結構相當簡單，都是「主詞＋動詞」的句型。

1. 第一個問句運用**十大句法 8：Main clause + adv clause**，主要結構 What would you do 說明「你會怎麼做」，後面再以 if 連接的副詞子句說明一種假設狀況。

2. 第二句的結構也很簡單，先點名那是一個大問題（That's the big question...），後面再以 that 子句，補充說明是波西‧傑克森在電影中所面臨的問題。第二句全句運用了**十大句法 3：S + V..., Ving** (..., now playing)。

3. 第三、四句： The film is based... by... 和 *The Lightning Thief*, published in 2005, is... 運用了被動語態（be + p.p. + by 人）。

4. 最後一句 *The Lightning Thief*, published in 2005, is... 為標準**十大句法 1：S + (...) + V**。

時態：

另外，解讀文章時還須注意「時態的變化」，本段因為在陳述一個真實的狀況，全都使用現在式動詞。

第二段同樣可以試著將長句拆解成小單元來幫助理解：

When the story begins,/ **Percy is** / just an everyday American teenager / dealing with ~~regular~~ high-school problems. / That is, / until he discovers / that he's the son of

~~Poseidon~~, god of the seas. / **Percy is** a ~~demigod~~ /—half-human and half-god. / **This** might not **be** a good thing, / though. / **Zeus**, / the king of all gods / , **has accused** Percy / of stealing his ~~lightning bolt~~. / Now, / **the confused teen** / must **prove** his ~~innocence~~ / and / prevent an ~~all-out~~ war / from breaking out.

當故事開始時 / 波西是 / 只是一個平常的美國青少年 / 應付~~正常的~~高中問題 / 那就是 / 直到他發現 / 他是海神~~波塞頓~~之子時 / 波西是~~半人半神~~ / 一半人類和一半神明 / 這也許不是一件好事 / 然而 / 宙斯 / 所有神明的王 / 已經控告波西 / 偷走他的~~閃電火~~ / 現在 / 這位困惑的少年 / 必須證明他的~~清白~~ / 並且 / 避免一場~~傾全力的~~戰爭 / 爆發

句型解析：

1. 第二段第一句的句構稍稍複雜一些，不過主要結構一樣是十大句法的結合，如下所示： **Adv clause, S + V + Ving**（When the story begins, Percy is just... dealing with...）， 主詞為 Percy，動詞是 is。

2. 第二句的句型稍有變化，融合了**十大句法 5：(Phrase), S + V**，以片語 That is（那就 是）開頭，中間為避免重複，省略了前句的 Percy is just an everyday American teenager（主詞＋動詞結構），接著巧妙融合了**十大句法 8：Main clause + adv clause**，副詞子句為 until he discovers that...。

3. 第三句和第四句為標準主詞＋動詞的結構，看不懂的單字（demigod 可以先跳過），破折號後有簡單的解釋。第三句句尾的 though 為偏口語的用法，表示「然而，但是」。

4. 第五句為**十大句法 1：S + (...) + V**，主詞為 Zeus（宙斯），動詞為 has accused（已控告）。

5. 最後一句做了小小的總結，句型結構依然很清楚簡單，只是以 and 連接另一個子句，來做了變化，這裡也用了實用的 prevent ＋人＋from＋Ving（避免某人做某事）句型。

第三段進入本文的重點，開始介紹電影本身的細節：

To prepare for this dangerous mission, / **Percy is sent** to a special camp / for demigods. / There, / **he meets** the ~~fiery~~ Annabeth, / daughter of the ~~goddess~~ Athena. / **Percy** also **learns** / that his friend Grover is really a ~~satyr~~ / (half-human, half-goat) / and his protector. / Together, / **the three heroes** / ~~embark~~ on a journey / from New York City to Hollywood, / and from the ~~depths~~ of the Underworld / to the home of the gods, / Mount Olympus. / Can they save the world / before the gods destroy it?

為了準備這次危險的任務 / 波西被送到一個特別的營隊 / 給半人半神去的 / 在那裡 / 他遇到~~熱情的~~安娜貝絲 / ~~女神~~雅典娜的女兒 / 波西還得知 / 他的朋友格羅佛真的是一個羊男 /（半人半羊）/ 以及他的守護者 / 同心協力 / 這三位英雄 / ~~開始~~踏上一段旅程 / 從紐約市到好萊塢 / 從地底世界~~深處~~ / 到眾神的家鄉 / 奧林帕斯山 / 他們能夠拯救世界 / 在眾神摧毀它之前嗎？

句型解析:

1. 第一句運用**十大句法 5:(Phrase) , S + V**,主要結構中並用了被動語態(is sent),此段的難字(fiery, goddess, satyr, embark, depths 等)都不影響整體語意,可以先予以忽略,而 embark(開始從事,著手)是該句的動詞,可以從 journey,以及後面的幾個地名,大致猜出意思。

2. 最後一句以問句作結,呼應第一段的第一句。

　　以上文章的解讀,建立在本書一直強調的十大句型結構上,挑出主詞與動詞的主要結構,並指出補充說明的情況(如時間或情境的從屬結構),再注意一下時態,並活用三大文法概念(句型、從屬概念、時態),就可以完全掌握此篇新聞閱讀的主要含意。看新聞不但可以長知識,而且除了文法之外,還可以學到一些動詞的生動用法(如 face 面臨,play 上映,base on 奠基於,deal with 應付,處理,accuse 控告,embark 開始著手,prove 證明⋯⋯)進而了解英文的寫作方式(以小問題開始,逐步擴充至關鍵重點的全貌說明)。

Study Tips

還記得十大句法嗎？讓我們來複習一下：

1. S + (...) + V

2. Ving / Ved / to V..., S + V

3. S + V..., Ving / Ved / to V

4. With + N + (Ving or ved) ..., S + V

5. (Phrase) , S + V

6. "..." says Sb ; Sb says, "..."

7. S + V + that + (noun clause)

8. Adv clause, Main clause ; Main clause + Adv clause

9. S, Adj clause, V

10. 倒裝句（sentence inversion）(adv + V + S)

初級英檢之作文概述

寫作是語言能力中最難的一環，寫作者不僅要掌握英文的語法，更要能夠正確無誤地將想法以英文語法表達出來。將想法轉換成英文的過程中，必須注意語言的知識與內容的陳述。本章將告訴大家在寫作時，如何將所想到的觀念或事物，利用之前介紹過的文法與句法，轉換成英文，除了可以當成全民英檢初級的寫作應考原則，也可以運用於任何形式的英文寫作上。

寫作能力不佳或無法寫出一篇語意完整的文章，問題不外是：

- 辭彙不夠，句型單調
- 句子與段落轉折不順，走「卡卡」風
- 思考太跳 tone，造成前後不連貫
- 內容貧乏，沒有深度
- 中英文思考混亂，有寫沒有懂

對大部分的台灣學生來說，語言應該是最大的問題，也就是學生腦中雖然有想法，但只要一遇到英文，就會因為字彙不足或語法不熟，無法將想法轉換成英文，只能勉強用中文句法來套用英文單字，寫出下面這種中英混淆的句子：

雖然體重是個大問題，我們每天運動，就不是問題。

Although, weight is a big problem. We every day exercise that it is not a problem. (**X**)

要改正句法混淆的問題或是語言轉換的困境，可以藉由以下方式來練習：

❶ 複習十大句法的觀念與反覆的寫作——加強主詞與動詞的結構

首要之務就是熟悉十大句法！想要陳述一個觀念或是描寫一件事情時，先寫出主詞，再去思考要用哪一個動詞，這樣一來基本結構就完成了。舉例如下：

(a) 他的爸爸講話

His father was talking.

(b) 然後將句子延伸：加入講話的對象（to the teacher）

His father was talking to the teacher.

(c) 接下去加入更多的內容（有關他的成績：about his grades）

His father was talking to the teacher about his grades.

(d) 說明一下成績怎麼樣（成績不好：poor grades）

His father was talking to the teacher about his poor grades.

(e) 指出時間或是地點，讓內容更具體、生動一些

→ After school, his father was talking to the teacher about his poor grades.

注意：在這裡，動詞用法很重要，我一再強調不用去思考這個動詞是及物或不及物動詞，只要查閱字典，多看、多造一些例句就可以知道用法。如上例中的 talk，大家平常都會說 talk to me、talk to my mother 等，自然而然就能知道 talk 的用法，絕對不要去想 talk 是不及物動詞，所以要加介系詞等諸如此類的文法術語與文法觀念。

簡化文法觀念在寫作中非常重要，不要想太多文法，但是要有英文句法與時態的概念。

簡化文法三步驟：

一、主詞（人、物、抽象名詞）
二、單一動詞的觀念（動詞用法）
三、時態（現在、過去、完成、進行）

透過上述三個步驟，就能將一句完整的英文表達出來，而且不須透過中文句法的思考來套用英文單字，這就是將想法轉換成英文句法的第一步，大家可以靈活運用之前介紹過的句法，將中文想法轉換成英文，如下例：

心中的想法：

當我年輕時，我想要成為一個芭蕾舞者。

現在，我畢業後則想要成為一個時裝設計師。

引自《英語小冰箱》（聯經出版）

運用十大句法⑧：

Adv clause, Main clause; Main clause + Adv clause

轉換步驟：

(a) 主要結構：主詞＋動詞

→ 中文都是「想要」，這裡除了考驗各位是否熟悉動詞 want to + 原形動詞的用法。另外，寫作時也要特別注意時態，第一句須用「過去式」。第二句因為有「現在」，故用現在式。

I wanted to be a ballet dancer.

I want to be a fashion designer.

(b) 加上表時間的副詞子句（When... ; ... after...），並檢查句子語意是否已經完整，是否需要增加其他字詞（副詞、形容詞、名詞等）。

When I was young, I wanted to be a ballet dancer.

Now I want to be a fashion designer after I graduate.

(c) 調整一些用詞，讓句子更生動或辭彙更豐富：此句用了兩個 want(ed) to be，可以改用另一個同樣意思的片語，故用 would like to + 原形動詞來取代第二個 want to be。

When I was young, I wanted to be a ballet dancer.

Now I would like to be a fashion designer after I graduate.

至於要如何知道用哪一個字來替換呢？建議可以使用同義字字典（如 **Roget's Thesaurus**），尋找語意接近的字詞來代替，文句就會比較有變化。至於如何選擇哪一個句法來將心中的想法化成英文有以下三個主要步驟：

一、先確定主詞＋動詞的結構
二、確定合適的句法（從情境著手，參照先前提過的十大句法，找出適合句法）
三、有了基本結構，再加上次要結構、修飾語等，使語意更為完整。

2 熟悉英文句子間的轉折

複習十大句法的觀念與反覆的寫作，第一步是加強主詞與動詞的結構，接著第二步就是熟悉英文句子間的轉折。有了第一句話，接下去的語意如何連接，如何延續觀念，牽涉到所謂的 transition（轉折）。

英文句子間的轉折有四種用法：

(1) **使用前一個句子中的任何一字（或是觀念）**，成為下一個句子的主詞、受詞或是其他的觀念延伸：

After school, his father was talking to the teacher about his **poor grades**. His **poor grades** became a shame in his family.

→此處使用 poor grades 當成第二句話的主詞

再來看一個例子，看出兩句之間的連結了嗎？

As more and more people have visited Gukeng for its coffee, the coffee **farmers** have begun to open their farms to the public. At these **farms**, people can have the fun of finding out where coffee comes from.　　　　　　　　（99 年國中第二次基測）

(2) **使用代名詞**（they, we, you, he, she, it 等）來延續前面句子的觀念與動作：

Cathy really likes the doll you gave her. **She** plays with it every day, and **she** tries to take it everywhere!　　　　　　　　（全民英檢初級閱讀能力預試）

→第二句話延伸第一句話，第一句話的主詞 Cathy 和受詞 the doll，到了第二句話仍是主詞和受詞，只是皆以代名詞（she, it）表示

(3) **使用對稱句法**：使用一連串相同的句型結構，除了可以延續一些觀念之外，還可以強調這些觀念的重要性，讓文句的轉折更加流暢有力。

I like Sponge Bob because he maintains a positive attitude towards life. **He has** the loudest laughter I've ever heard. **He has** a lovely face with sparkling eyes to show to the world. **He has** all his friends to support him.
He has... 的句型不斷重複，形成完整的一個段落。

(4) **使用轉折語**（如 first 首先、第一，second 其次、第二，then 然後，in addition 另外，meanwhile 同時，on the contrary 反之，however 然而，finally 最後），構成文章的連續性，也指出句子間的邏輯關係：

ES-ME is a fun computer program. Here is how it works:

- **First**, tell ES-ME your birthday.
- **Then** ask your question.
- **Finally,** you will get an answer from **ES-ME**.　　　　（99年國中第二次基測）

Study Tips

1. 寫作的第一步就是要將想法化成英文句法，活用之前介紹的十大句法，先想主詞及動詞（注意個別動詞用法），將句法放進去，再將句子延伸。文法上要注意的則是時態（例

如動作是現在、過去或已經完成呢？）**→延伸練習：翻譯（中翻英、英翻中）**

2. 第二步則延伸第一句話的語意，也就是寫出第二句話，這時有關的句間轉折就可以派上用場（如使用前一句中出現的關鍵字當主詞、使用代名詞等）。等到具備句子的概念，就可以開始準備**全民英檢初級寫作能力測驗的單句寫作（句子改寫、合併與重組）和段落寫作（看圖寫作）**喔！

初級英檢之單句寫作

　　第一階段的電腦閱卷，以選擇題的聽力、閱讀部分為主，接下去的複試寫作能力測驗常讓許多英語初學者既期待又怕受傷害，往往不知從何準備起，不得其門而入，甚至造成許多第一階段成功過關，卻栽在第二階段的複試，而導致無法成功取得英檢認證的憾事。其實，初級英檢的寫作部分主要是想透過單句寫作和段落寫作兩大部分，測試應試者是否能針對一般日常生活相關的事物，以簡單的句子及段落敘述或說明，如寫明信片、便條、賀卡、填寫表格等。各位看出重點了嗎？此部分主要關鍵就在於「寫出簡單的句子」，而一連串的句子即成段落，因此只要紮好「句子」的根基，初級英檢的寫作部分保證高分過關！

　　本章將針對「單句寫作」的三個部分：**句子改寫、合併與重組**，運用先前學過的句型觀念（主詞＋動詞；十大句法），一一擊破。

● 初級英檢之「單句寫作」介紹

　　共十五題，採人工閱卷方式，評分重點在於內容、文法、用字、標點符號及大小寫是否正確，若發生錯誤，將會予以扣分。此部分與現在國中生的英語教科書、講義上的練習題相當類似，只要具備正確的文法、句型觀念，多做練習，考試時務必看清楚題意，定能關關好過，關關過！

● 第 1～5 題：句子改寫

　　請將每題的第一句依照第二句的提示改寫，將原句改寫成指定形式，並將改寫的句子完整地寫在答案卷上。特別注意，**一定要寫出提示之文字及標點符號。**

請見以下三例：

　　題目：She usually goes to bed at 10:00.

　　　　　What time _____?

→1. 此題要將題目改為以 What time... 起始的「問句」，針對的是 "at 10:00"。

　　2. 改成問句：一般來說會使用助動詞 do 或 does，此處使用 does。

　　3. What time 來代替 at 10:00，此句變成 What time does she usually go to bed? 其中 goes 改成原形動詞 go。

答案：What time does she usually go to bed?

　　題目：Ben: Did you mail the letter?

　　　　　Sandy: Oh, I forgot.

　　　　　Sandy forgot _____.

→這類題型也常會先提供一個對話，再去改寫一個句子，主要想知道應試者是否了解語意，本句的關鍵在於先看懂對話在說明 Sandy 忘記去寄信，時態為過去式，而動詞 forget 之後須接「to＋動詞」。

答案：Sandy forgot to mail the letter.

題目：To play the piano well is not easy.

　　　It _____.

→將句子改寫為 it 開頭的句型（It + be + adj. + to V），是非常常見的題型；題目為不定詞（To play the piano well）當主詞的句型，be 動詞為 is，形容詞為 easy，套用上述公式，即可得出答案。以 it 來代替 to play the piano well。

答案：It is not easy to play the piano well.

● 第 6～10 題：句子合併

　　請將每題的兩個完整句子依照題目指示合併成一句，題目的提示大多是介系詞、實用句型、片語等。特別注意，**一定要寫出提示之文字及標點符號。**

題目：Kate is very young.

　　　Kate cannot go to school.（用 too... to... ）_____.

→ too... to... 意為「太……而不能……」，to 後面恆接原形動詞。本句從題目可知語意為「Kate 太年輕，而無法去上學」。

答案：Kate is too young to go to school.

題目：I go to work.

I take the bus.（用 by）

_____.

→以介系詞來合併句子是出現頻率極高的考題，此本題為例，介系詞 by 的意思非常多，需從上下兩句話去判斷在此表示「搭乘（交通工具）」之意，而 by＋交通工具，放在句尾。第 2 句的 take 同樣表「搭乘」，英文一句話不會出現兩個動詞，故動詞使用 go 即可，而最後接上 "by bus" 表示「搭公車」。

答案：I go to work by bus.

題目：He got home.

His brother told him the bad news.（用 as soon as）

_____.

→1. as soon as 表「一……就……」，用以連接幾乎同時發生的兩個子句，本題語意即「他一到家，他弟弟就告訴他壞消息。」

2. As soon as + S + V, S + V. 前面由 as soon as 引導的句子，後面主要子句為 his brother told him the bad news。

答案：As soon as he got home, his brother told him the bad news.

● 第 11～15 題：重組

請將題目中所有提示字詞整合成一個**有意義**的句子，特別注意，**一定要寫出提示之文字及標點符號**，而且答案中必須使用所有的提示字詞，不能隨意增加字詞，否則不予計分。

此部分測試的是對於句子結構（主詞＋動詞、直述句、問句等，以及英文的字序）是否擁有正確的觀念。

Neither _____.

can swim / I / brother / my / nor

→本題在測試應試者對於 neither 用法是否了解，句型為「 Neither A nor B ＋動詞...」。順帶補充，若是沒有助動詞，動詞的變化以離它最近的那個主詞為主。

答案：Neither my brother nor I can swim.

How _____?

students / in your class / there / many / are

→本題測試 How many ＋複數名詞...？開頭的句型，詢問「數量有多少」，並結合了 there is / are... 表「有」的概念。另外還要注意問句的主詞和動詞須調換。

答案：How many students are there in your class?

Mark _____.

couldn't eat / that / nervous / he / so / was

→本題測試 so... that... 的用法，表「如此……以致於……」，從因果關係來判斷，可知語意是「他緊張到吃不下」。

答案：Mark was so nervous that he couldn't eat.

註：以上題目來源皆出自全民英檢官方網站的初級預試考題

網址：https: / / www.gept.org.tw / Exam_Intro / down01.asp

初級英檢之看圖寫作

　　看圖說故事，是一種很好的寫作練習，可以考驗學生的理解能力，運用所知的字彙及英文句法來表達圖中的意思，然後利用自己的組織能力，將故事串起來。

　　這方面的寫作，其實也會用到之前提過的寫作觀念，寫作從造句構思開始，再次強調，寫作時必須簡化文法觀念，只要心中有句法觀念，並納入以下三點文法觀念即可。

一、主詞（人、物、抽象名詞）：句子要有變化，不要只使用人當主詞，可以考慮用物或抽象名詞。

　　EX Getting ready any time is a key to success.

　　　　→主詞為抽象名詞：Getting ready any time（隨時做好準備）

二、單一動詞的觀念（動詞用法）：英文一句話只有一個動詞，如果出現兩個動作，另一個動作可用 Ving, Ved 或 to V 來表示。

　　EX Mary walked into the room, smiling to everyone she passed by.
　　　　　　第一個動詞　　　　　　第二個動詞以 Ving 表示

三、時態（現在、過去、完成、進行）：除了文法，還必須活用英文句法，並使用生動的動詞及表達方式。

EX We have been melted under the sun.

→melt 表示「已經融化了」，也就是天氣熱死了，「熱到像要融化了」，是相當生動的表達方式

三種結構，一段式寫法

看到三格或四格漫畫時，須先了解其結構，而連續漫畫通常包含三種結構：一、故事的發生；二、開始進入故事的延伸、串聯起每個圖片之間的關係；三、最後想出一個可以呼應全文、甚至是令人意想不到的轉折與結尾。

以初級英檢的**段落寫作**為例：

題目：上個星期，你到高雄（Kaohsiung）的親戚家玩，下面是你每天的活動，請根據這些圖片寫一篇 30～50 字的簡短遊記。

星期五　　　　　　　　　星期六　　　　　　　　　星期日

參考答案：

    I took a trip to Kaohsiung with my family last Friday. We arrived at the train station in the afternoon and my uncle met us there. It rained heavily on Saturday, so we stayed at home and played cards. On Sunday, it was sunny, and we went swimming. We really had a good time.

一、場景及敘述的開始：說明時間、地點及發生的事情

I took a trip to Kaohsiung with my family last Friday. We arrived at the train station in the afternoon and my uncle met us there.

→首段一開始很明確地標示出時間（last Friday）、目的地（Kaohsiung）與人物（I, my family），利用 take a trip（去……旅行）直接破題；第二句為免重複，以代名詞 We 當主詞，繼續說明圖片發生的地點（the train station）、時間（in the afternoon），並多了一個人物（my uncle），而且句型也多了一些變化（以連接詞 and 連接兩句）。

二、敘述氣氛或有趣的場景（climate or interesting scenes）：說明故事的進展

It rained heavily on Saturday, so we stayed at home and played cards. On Sunday, it was sunny, and we went swimming.

→這段進一步描述故事進展，說明天氣正在大雨（It rained heavily...），並以 so（所以）連結兩句，說明第一、二張圖之間的因果關係，說明因下雨而導致待在家裡玩牌。第三張圖，以天氣晴朗

（it was sunny...）說明第二、三張圖之間的轉折，並描述主人翁去游泳。

三、結尾（conclusion）：簡單有力、前後呼應且貫穿全文的一句話

We really had a good time.

→由於屬於遊記，選用 We really had a good time.（我們真的玩得很開心。）作結，非常簡單明瞭又切合題旨。

　　綜合以上所示，可知看圖寫作須把握寫作最高原則：精確（名字、地點、物件），另外還可歸納出下列要點：

主題明確、層次分明：在短短 30～50 個字之間，仍然針對每一幅圖片，以不同的主題、描述背景資料；說明故事的進展；陳述結局以及主人翁的感受。

句型要有變化：用了 and 和 so 連接詞來連接兩個句子，表示持續性、因果關係。

陳述細節：看圖說話時最需要細節陳述，才能將圖片內容具體呈現。除了詳實交代圖片中發生的人事時地物之外，也不妨「加油添醋」一番，讓內容更豐富有變化，而不會淪為流水帳。

段落及句子之間的承接與一致性：本文是根據三張圖而寫出的文字，重點在於清楚演繹出各個畫面之間的關係，此處以時間（last Friday, on Saturday, on Sunday）來表示時間的延續，讓各句子間的聯繫很清楚，使劇情連貫、通順又言之有物。

閱讀

　　閱讀一篇英文文章，最重要的是要理解其中的語意，最困難的則是遇到不懂的單字與複雜的句型。有時即使每個單字都懂，也有可能因為看不懂句型，所以仍然不知道意思，這是因為英文邏輯思考和書寫習慣與中文稍有不同。

　　讀懂英文，一般來說，不論是口語或閱讀，都需要三種知識：

一、單字

二、文法與字的排序位置

三、上下文的關係

● 別讓不熟的單字阻礙你的閱讀之路

　　很多人認為單字是閱讀的障礙，因此閱讀時會先把不懂的單字找出來，但是如果你不認識的單字並非關鍵字的時候，就可以直接將該字忽略（或刪除），這樣反而更有助於理解，所以不要一看到陌生的單字就舉白旗投降，記得要先去理解句型的文法結構，利用主詞＋動詞的結構以及主要結構與從屬結構的關係，將句子拆解成小單元，如此就能掌握全句的主要語意。

以下舉初級英檢的閱讀能力測驗預試考題為例，請依照上述閱讀方法試著演練一番：

Helen had a terrible night / last night. / While she was doing her homework, / the ~~electricity~~ went out. / Even though she had a flashlight, / she still couldn't see very well. / In addition, / she had to ~~comfort~~ her little sister,/ who was afraid of the dark.

After Helen finally fell asleep,/ an ~~ambulance~~ came down the street / and woke her up. / Then, / a ~~thunderstorm~~ started, / so she had to get up and close her window. / At 4:00, / a baby started crying loudly / and kept her ~~awake~~ for an hour. / Then at 6:00, / her alarm clock rang; / it was time / to get up and go to school.

海倫有一個很糟糕的晚上 / 昨晚 / 當她正在做功課的時候 / 電停了 / 雖然她有一支手電筒 / 她還是無法看得很清楚 / 再加上 / 她必須安慰她的小妹 / 怕黑的

海倫終於睡著之後 / 一輛救護車沿街駛來 / 吵醒了她 / 然後 / 一場夫雷雨開始了 / 所以她必須起床和關窗 / 四點時 / 一個寶寶開始大聲哭泣 / 並讓她一個小時沒睡 / 然後六點時 / 她的鬧鐘響了 / 是時候 / 起床和上學

→首先，請將句子拆解成小單元，並將較難、不確定的單字予以刪除（上例中劃掉的單字僅供參考，請按照自己的程度去挑單字），接著請從文章中的上下文去解讀整體語意，必要時，可以適度發揮一下想像力。

第一段首句直接破題，是標準主詞 (Helen) ＋動詞 (had) 的結構。第二句和第三句都運用了**十大句**

法 8：Adv clause, Main clause; Main clause + Adv clause，分別是用 while 和 even though 來引導副詞子句，後面再加上主要子句；第四句並運用了 who 所引導的形容詞子句，說明了她妹妹的特性（可參考十大句法 9）。此外，從 flashlight（手電筒），...she still couldn't see very well.（她還是沒辦法看得非常清楚），...her little sister, who was afraid of the dark（他妹妹怕黑）等前後文的關鍵字與語意去推敲出 ...the electricity went out.（停電了，go out 意為「熄滅」）。

第二段第一、二句都採用十大句法 8 的句型，分別以 after（表時間先後）和 so（表結果）引導子句，最後一句則以「；」連接兩個句子，最後並運用了實用句型：it + be (is, was, has been...) + to V（不定詞）。

接著，誰說《紐約時報》等報章雜誌一定很難、完全看不懂呢？請以下例來驗證已學到的閱讀方法並自我挑戰：

小試身手

Helena Aguiar had come from ~~São Paulo, Brazil~~, / for a ~~front-row~~ seat / to see her
        S   V

favorite band, / and she got it: / a black ~~metal folding~~ chair / with a gold and ~~cherry-red~~ Bon Jovi logo / on the ~~cushion~~, / hers to take home. / The price: $1,750.

艾蓮娜・阿圭亞爾從~~巴西聖保羅~~來 / 為了一個~~前排的~~座位 / 以看到她最愛的樂團 / 而她也得到它了：/ 一張黑色~~金屬摺疊~~椅子 / 上面有金色和~~櫻桃紅色的~~邦喬飛樂團標誌 / 在~~靠墊上~~ / 是她可以帶回家的（東西）/ 價格是 1,750 美元。

進階挑戰

"It was an amazing experience, / even more than I dreamed," / <u>Ms. Aguiar, 25,</u> /
S

~~gushed~~ / after the show / at ~~Hersheypark~~ Stadium here recently, / as she packed up
V

her chair / and ~~lugged~~ it to the parking lot.

「這是一次很棒的經驗 / 甚至超出我所夢想的」/ 25 歲的阿圭亞爾小姐 / ~~滔滔不絕地說~~ / 在表演結

束後 / 最近在~~賀喜公園~~體育場這裡 / 打包好她的椅子 / 並拖著它去停車場

2010/6/9《紐約周報》〈Fans Pay Well for Perks So Rock Stars Cash In〉

排除「阻礙」之後，好好運用想像力與理解力：

透過拆句及刪除部分不懂的單字，整句話的語意就大致浮現出來了，以這次舉的文章來說，首先要刪除的就是地名，如地名 São Paulo, Brazil、Hersheypark 等，其他如 metal folding 等字也無須理解，只要知道是一張黑色的椅子即可。而且偶爾要**運用想像力來幫助理解**，尤其英文常會運用一些「很有畫面」的動詞或複合名詞，對於初級的英文學習者來說，這也許是英文理解中比較困難的一環。比如說第一段中的 front-row，兩個字合在一起可能會「有看沒有懂」，但如果拆成 front（前面的）和 row（排）不但一目了然，而且還可以順便學到將兩個名詞合起來，就可以變成一個新的字（front-row 即指「前排」），同段的 cherry-red（櫻桃加上紅色）也不難猜出其義。再說，就算不懂這兩個字的意思，對於整段主要語意的理解，也不會有影響，

　　第二段首先出現一句話之後，再接主詞和動詞，為標準「**十大句法 6："..." says Sb；Sb says, "..."**」，只是這句的動詞從 say 換成了比較難的 gush，因此大家就算不知道這個字的意思，也可透過句法結構，猜出意思跟「說」一定相去不遠。而 gush 原指「噴出，湧出」的意思，本文則將讓 gush 的意思更加延伸，表示「滔滔不絕地說」，透過此字，也可以想見主角一定非常興奮，用法非常傳神且活潑。

拆解句子結構：

　　接著再談句型的問題，當句子太複雜或太長時，一定要試著先去判斷出主要結構與次要結構，如第一段第一句的 a black ~~metal folding~~ chair / with a gold and ~~cherry-red~~ Bon Jovi logo / on the ~~cushion~~, / hers to take home. 其實都是在說明 it（所謂的前排座位其實是一把椅子），其中的 hers to take home，則是說明 a black chair 是她的（hers＝her chair），而且是可以帶回家的。

　　總而言之，不論是何種句子，只要把主要結構找出來，將句子切分成小單元，也就是用「/」去拆解句子，透過將長句變短句的過程，來幫助理解句意。

● 上下文的關係是掌握語意的重要關鍵

　　閱讀行為中，除了了解單字與語言規則之外，透過上下文語意的連貫，去了解下一句的語意也很重要！換言之，上下文的關係也是掌握語意的重要關鍵。例如第二段的 lug 也

算是一個難字,但可從上文的 pack up 和下文的 to the parking lot,推敲出主角將椅子打包後,應是將椅子帶往停車場,就算不知道 lug 意為「使勁地拉」,也不會影響全文的理解。引用這兩段文章,希望可以讓大家體會到閱讀文章時,需要用想像力、理解力去體會,而不要僅止於推敲字面的意思

總括來說,閱讀過程中,單字原來的語意會因為上下文的關係而有所轉換,進而讓文章更加生動、傳神。

● 了解英文文章的寫作風格

有時影響閱讀的關鍵不是單字,也非文法,會造成許多人閱讀困難的原因其實是英文寫作的方式!英文寫作風格與中文差異頗大,進而影響語意或是閱讀,如下文所示:

When I was a child, / I could not wait to see the world./ I grew / like the spring flowers / in the garden.

當我還是孩子的時候 / 我等不及要看看這個世界 / 我成長 / 像春天的花朵 / 花園裡

When I was a teenager, / I could not wait to leave home. / I did not want to follow any rules, / and I was as angry as / the burning sun / in the summer sky.

當我還是青少年的時候 / 我等不及要離開家 / 我不想要遵守任何規則 / 而且我和……一樣生氣 / 像炙熱的太陽 / 夏日天空中

But then, / I learned to think carefully / before doing anything. / Both good and bad things / in the past / became parts of my life, / like autumn ~~harvests~~ for a farmer. /

但是之後 / 我學會謹慎思考 / 在做任何事之前 / 好事和壞事都 / 在過去的 / 變成我生命的一部分 / 像秋天的收成之於農夫

Now I am old. / My body is weak, / but my mind has become strong and clear / because of those experiences in my younger days. / I am like a winter leaf, / ready to take a good rest.

現在我老了 / 我的身體虛弱 / 但是我的心智變得堅決和清明 / 因為那些我年輕歲月的經驗 / 我像冬天的葉子 / 準備要好好休息

These are the four <u>seasons</u> of my life.

這些我生命中的四季

Elizabeth Owen

July 10, 2010

（99 年國中第二次基測）

→這篇是國中基測常考的書信測驗，顯示出一個中、英文寫作風格大不同之處，也就是沒有一開始就開宗明義說出想要表達的重點，而是先描繪出細節，用了四段文字，不同的時態（過去與現在），將人生的童年、青少年、成年、老年時期以春夏秋冬來比喻，直到最後一句才導出重點：這些是我人生的四季。

　　這種以細節或特殊意象來開始撰寫一篇文章的手法，常常會讓不熟悉英文寫作形

式的非英語母語人士摸不著頭緒，有時還會抓不到重點。遇到這類狀況就已經不是單純與單字或文法有關的問題，而必須去探究語意表達與寫作風格，而上述的這種寫作風格（細節或是意像描寫）常常出現在英文的報章雜誌或散文中，這類的文章也很容易在國中基測中出現。

寫作

任何英文寫作會面臨到的困境與初級英檢情況雷同,可歸納為以下四種:

- 辭彙不夠、句型單調
- 句子與段落轉折不順,思考跳躍
- 內容貧乏沒有深度
- 中英文思考混亂

但是與考試不同的是,一般職場或是生活上的英文,對於文章結構的要求沒有那麼嚴格,也就是語意的表達比較重要,而語意表達的重點在於「主詞」與「動詞」。想要加強英文寫作能力,從句法開始就對了!建立句型的概念即為寫好英文作文的首要之務。誠如本書一再強調的,任何英文句子一定有「主詞+動詞」,而整句的結構為何,則由動詞來決定,因此動詞可說是英文句子的靈魂。

● 名詞與動詞

寫作最大的問題是不會用單字,或者單字不足,再加上沒有句法觀念,就很難寫出好文章。因此要先建立起英文的句法觀念(請參考「十大句法」),有了準確的句法觀念,再運用自己所知且適切的單字去寫出主詞與動詞,因此認識名詞與動詞的正確使用方法極其重要。

　　英文的主詞有三種：人、物及抽象的名詞或概念，最常用的大概就是以人為主的主詞了，如 I, you, he, she, we, they 等，大多用於書寫 email ，而使用最為頻繁的就是 I 跟 you ，請見下例：

I am sorry for not answering your email about Mom's birthday gift.

　　此句以 I am sorry for 為主要結構，for 的後面銜接欲道歉的事情，由於是為了「一個動作（未回信）」而致歉，因此須用 for + Ving 來表示，因為英文一句話只能有一個動詞，如果有第二個動作概念，第二個動作就要使用 Ving, Ved 或 to-V 來表示，如以下句型所示：

- 主詞＋動詞..., Ving
- To V ..., 主詞＋動詞
- Ved, ..., 主詞＋動飼

　　除了以你、我、他當主詞外，主詞也常常是一個特定的人物，如 My English teacher 、The most popular singer 等，使用這些名詞時必須非常精確，句子才會有更鮮明的印象，如以下的例子所示：

animal → pet → dog → Doberman → My Doberman, Hulk → My 100-pound black Doberman, Hulk（100 磅的黑色杜賓狗）

　　名詞越精確，意義越明顯，廣義的動物（an animal）或狗（a dog）都過於模糊，不如直接點明 Doberman（杜賓狗），並說明體重、毛色比較清楚，而且後者寫出來的句子肯定較為生動活潑。

　　除了人、物之外，抽象概念也可以當主詞，非母語人士常會忽略主詞的變化，其實只要主詞產生變化後，動詞也會跟著生動起來，如下列例子：

Honesty is the best policy.　　　　　　　　　　　　　　　　　　（英文諺語）

誠實為上策

→ honesty「誠實」當主詞

First love is only a little foolishness and a lot of curiosity.

初戀只不過是一點點愚蠢加上很多好奇。　　　（George Bernard Shaw 愛爾蘭劇作家蕭伯納）

→ first love「初戀」當主詞

　　動詞也要精確，好的作者會有效運用主詞、動詞。動詞是整個句子的靈魂，英文寫作時盡量不要使用比較弱的動詞（弱動詞就是不精確的動詞，如 do, take, make, let, have 等），而要用有意義的精確動詞。

弱動詞： People ~~make~~ one another laugh with funny stories. ☹

精確動詞： People **amuse** each other with jokes and tricks. ☺

弱動詞： His smiles ~~make~~ me feel relaxed. ☹

精確動詞： His smiles **relax** me. ☺

此外，選擇不同的精確動詞，就會產生不同的意義，像是欲表達「他……過房間」時，使用的動詞不同，讀的人腦海中就會浮現不同的畫面。

He **walked** across the room. （走）

He **strode** across the room. （大步走）

He **slouched** across the room. （無精打采地走）

He **trotted** across the room. （快步走）

He **sneaked** across the room. （偷偷摸摸地走）

● 轉折與時態

　　熟悉句子的連接與轉折之後，思考就不會再跳躍，接著以句型的觀念引導，練習以英文思考的寫作習慣，並記得轉譯你的觀念，轉譯過後再整理成文字，運用正確的字詞與文法，再檢查是否有錯誤。此外，使用合適的時態：現在、過去、未來及完成式等，也必須適當變換動詞的時態（如發生在過去，動詞要加 -d, -ed, -ied 等）。

　　以下整理出一些常見的連接詞與轉折詞，請多多愛用：

- **表時間**

  連接詞：before, after, when, while, until, as soon as

  轉折詞：first, next, then, finally

- **表繼續（語意未完）**

  連接詞：and

  轉折詞：in addition, also, besides, moreover

- **表因果**

  連接詞：so, because, as

  轉折詞：therefore, as a result

- **表比較、讓步**

  連接詞：but, yet, although, even though, while

  轉折詞：however, still, on the other hand

- **表列舉**

  轉折詞：for example, for instance, such as

● 句型變化

　　英文大部分的句子都是主詞＋動詞的形式，但是如果文章充斥著一連串這樣的句型，就會顯得單調乏味，建議可以適當地增加一些修飾語或是附屬結構，讓句子更顯變化。再者，若是一篇文章讀下來，淨是短句或簡單句，可能會像孩童說話一樣令人不解或幼稚，因此將一些比較次要的概念放在從屬結構中，會讓文句看起來比較成熟，更有深度與廣度。

EX Eric was in love. He was in love with Alice. He walked with her through the night. He was holding Alice's hand.

→很多單句，讀起來很幼稚，語意沒有連貫。☹

EX In love with Alice, Eric was holding her hand when he walked her through the night.

→第二句以 in love with Alice 為修飾語，說明 Eric 的狀況，並將晚上散步與牽手等動作用 when 的句型連在一起，句子比較連貫，充滿連續性。☺

從培養句型的觀念開始，學會選擇生動精確的主詞與動詞，注意轉折與時態到變化句型，就可完成基礎的寫作訓練，開始邁向寫作之路了！

Study Tips

當然，要寫出一篇好文章必須注意段落的結構與觀念的表達，文章結構完整、用詞生動，才是一篇好文章。但是一般職場或生活上的溝通寫作，其實只要把自己的意思清楚表達出來即可，建議利用本章所介紹的寫作方法，從寫日記開始，簡單記錄自己一天的行程與所見所聞，慢慢熟悉句法，進而掌握動詞與名詞。

聽力

英文的聽說讀寫中，**聽力**對非母語人士來說相當困難，主要是因為「聽」的時候，需要直接將聲音轉成語意，立即了解傳達的訊息。很多人常常在聽完一句話後，會卡在某些單字上，大腦一時無法轉換成自己了解的語意，因而整句話、甚至整段話都無法掌握。

聽力訓練中，有三件事非常重要：

一、單字的語意

二、語法結構中的語意重點

三、語調

單字的語意就是如何將聽到的聲音跟腦子裡的英文單字比對，然後掌握語意；語法結構中的語意重點，指的是一句話中，哪些是影響語意的關鍵字，哪些是不重要的單字，可以予以忽略；語調指的是一句話會有輕重之別，抑揚頓挫的聲調有時會影響語意，也會影響聽話者對重點字的掌握，當然個人口音也是問題之一。

了解單字、掌握結構重點、熟悉語調等是練習聽力最重要的三大面向。首先，聽的時候必須抓住關鍵字（key words）。有時聽到某個單字，常會覺得似曾相識，但一時會意不過來，就很難將聽到的字詞直接轉換成語意。因此，要聽得懂語意，得先找出關鍵字。

聽力訓練除了多聽外，也可以透過句型結構去聽得更清楚，本章將告訴大家如何透過句型結構來進行聽力訓練。

基本的聽力訓練要如何進行？首先，聽英文句子時，跟閱讀一樣，要先知道主詞與動詞。主詞一般來說都是名詞（可能是人名、物或是 I, we, he, she, you, they 等人稱），動詞大多跟在主詞後面，表示「動作」。最重要的是先抓住主要語意的 strong words（強字：有內容、含意的字詞，一般都是名詞與動詞），其餘則是 weak words（弱字），例如語助詞或是介詞（如 in , on , at 等），如下例所示：

I heard / on the radio / that it will continue to rain / until Saturday, / but / the sun should come out / on Sunday.

我聽 / 廣播 / 將會繼續下雨 / 直到星期六 / 但是 / 太陽應該會出來 / 在星期天

（初級英檢聽力測驗預試）

→主詞是 I，動詞是 heard，後接 that 子句，整句話的主要含意：我聽廣播（得知）下雨會一直持續到星期六。on, that, to, until 等是 weak words（弱字），而 I（主詞），heard（聽說，過去式動詞），continue（繼續），rain（下雨），Saturday（星期六），sun（太陽），come out（出現），Sunday（星期天）等都是掌握主要語意的 strong words（強字）。

聽新聞報導時，有意義的字會唸得比較清晰，而 weak words 大多會輕讀處理，形成輕重不同的語調，所以訓練聽力的第一步就是：透過語法結構掌握語意的重點，並了解語調變化。

　　第二步是對於英文單字的熟悉度，以及如何將聲音轉換成語意。很多人聽到英文，第一時間是先想到其中文意思，這種方式是錯誤的。訓練自己平時記單字時，就要透過聲音來掌握單字，先不要急著拼出字母，想要記住一個單字，一定要大聲唸出來，也就是聲音要與語意結合。如上例中的單字 heard，要掌握這個單字，有兩個步驟，第一是唸出這個字（將 heard 大聲唸五遍），藉由聲音將這個單字存在腦子裡，接著利用這個單字造一個句子，例如：Have you heard that Ms. Lin was sick? 必要時可以錄下來，有空就放給自己聽，此訓練就是將聲音轉換成語意，只要確實做到，假以時日之後，聽到一個單字就不會老是覺得似曾相識，抓破頭卻又想不起來。

　　第三步就是要去了解口語英文或新聞報導中常見的英文表達方式與句型結構。下列新聞文章的主題恰好與 98 年第二次國中基測的閱讀測驗一樣，都以現代舞之母鄧肯為主角：

Angela Isadora Duncan **was born** in San Francisco, California in eighteen seventy-seven. She was **the youngest** of four children. **Her parents' marriage ended** in **divorce** when Isadora was three years old. Isadora and her brothers and sister were **raised** by their **mother**, Mary.

The family was very **poor**. Isadora **taught dance lessons** to local children to **earn extra money**. She began teaching when she was only five years old.

Mary Duncan **taught** her children about **music, dancing, the theater and literature.** Young Isadora **believed** this was all the **education** she needed. She did not **attend** school for very long. She said it **restricted** her from **dancing** and **thinking** about the **arts**.

（本段摘自 VOA 美國之音「Isadora Duncan, 1877-1927: The Mother of Modern Dance」，網址：http://www.voanews.com/learningenglish/home/Isadora-Duncan-1877-1927-The-Mother-of-Modern-Dance-101714348.html）

→要以英文描述某人生平時，最簡單且清楚的方式仍是按照年份、世界發生順序，平鋪直述地說明。以本篇為例，第一段交代了鄧肯出生時間、地點與家中排行，但本段的重點擺在後兩句（英文寫作與中文寫作最大的不同之處之一）：鄧肯三歲時父母婚姻（marriage）以離婚（divorce）收場，由母親獨力撫養四名子女（採被動語態：were raised）。

第二段的第一句即點出鄧肯家境貧窮（poor）。因此她教（taught，原形動詞為 teach）舞，為當地孩童上舞蹈課（dance lessons），以賺取額外的錢（earn extra money）。

第三段進一步說明母親 Mary 為鄧肯的影響（教導孩子音樂、舞蹈、戲劇、文學等）。年輕的鄧肯相信這就是她需要的教育（education），因此沒有上正規學校太久，因為她認為學校教育限制（restrict... from...）她跳舞以及關於藝術的想法。

　　順帶補充，英文有些特殊表達與中文不同，例如方向，中文慣採東方、西方定位，先講東西再講南北，如東南、西北等；英文主要是用南北來定位，先南北再東西，所以英文是 north-west（西北）或 south-east（東南），聽英文的時候要習慣以英文思考，否則根

本無法聽懂整句話。

　　特殊的英文表達要多練習，否則永遠聽不下去，尤其數字練習在聽力中最難，因此要習慣用英文去思考，不斷練習數字說法，並說出聲，對聽力的精進將會更有幫助，例如四百五十八萬的說法，中文是以千、萬定位，英文則是用千、百萬來定位：

four **million** five hundred and eighty **thousand**

4 ， 580 ， 000

↓　　　↓
millions thousand

　　訓練聽力的方法其實很簡單，只要把平時聽到的英文，如新聞或英語雜誌，反覆練習並持之以恆，這些都有英文稿外加英文錄音，大家可以試著將關鍵字用立可白塗掉或留白，接著聽英文錄音，再把正確的英文字填入空格中，有時須藉由文法觀念的輔助，因為若是過去式，動詞 take 就要改成 took。文法觀念可以協助理解，接著一再播放錄音，隨之複誦，聲音要透過耳朵進入腦子裡面才能有印象。把聲音轉成語意的方法，就是先從簡單的句子開始，「挖」出動詞、名詞，然後複誦一遍，此法不只用於訓練聽力，口語的訓練也同樣由此開始。比方說，上例的第四段「挖空」後如下：

Isadora wanted to _____ dancing her _____'s _____. And she wanted to _____ by her own _____, not by what other people thought was _____ or _____. The kind of dancing Isadora wanted to do was new and _____ from other dances at the time. She thought dancing should be an _____, not just entertainment.

聽力訓練最重要的一點是「複誦」，聽外國人說話時，可以在心中複誦一遍，因為語言就是模仿學習（去偷別人的話），習慣後，訓練聽力也可成為開口講英文的基礎。最後再將訓練聽力的方法重申一次。首先，所有的單字都要透過聲音去了解、使用這個單字，而且要熟悉某些特定場景的相關單字，如開會時通常會慣用一些固定單字，如 suggest（建議）, recommend（建議）, propose（提議、提出）, agree（同意）等，而新聞英語也常常都會用固定的動詞。

聽力訓練的進階練習，是聽實境的英文，可以上網下載 VOA、BBC 或是電影精彩片段的文稿，用立可白塗掉 strong words，然後開始練習填字及複誦。

Look Further

現在請上 BBC 英語教學頻道

http: //www.bbc.co.uk/china/learningenglish/takeawayenglish/tae/2009/07/090729_tae_223_professional_witch.shtml

下載文稿並挖空單字（如下所示），接著聆聽聲音檔，練習將正確的單字填入空格中：

Do you ever _____ a _____ _____?

Well if you can _____ spells, _____ on a broomstick and have a good cackle, then you might be interested in _____ a professional _____.

And if you become the _____ of Wookey Hole you could even _____ a good _____.

可以試著分析這段的句法結構，先找出主詞與動詞，接著聆聽聲音檔，把空白的字填回去，再將全句複誦一遍。

不論如何，請大家切記，想要精進聽力，一定要反覆練習才能見效，只要確實做到以上提到的方法，保證不出幾個月，你的聽力一定能大躍進。

筆記欄
NOTES

口語訓練

尋找一個好夥伴

口語訓練最重要的就是要開口！如何開口講英文？可以先從日常生活的英文開始，找一個朋友跟你練習，增加對話的機會。不過，要找一位跟自己程度相當的朋友，每天一起練習說英語還滿困難的。不過，我從以前就有一位英文程度跟我一模一樣的朋友：自己。

口說英文，最好的伙伴就是自己，開始「自言自語」練習口語吧！

如何開口

任何英文的句子，都是由主詞與動詞構成，動詞決定這句話如何形成，也就是動詞決定如何造句。剛練習時，可以從平時的生活習慣開始，每天練習，對自己說話，一定要發出聲音。從日常生活著手，比較容易且貼近生活。例如：

I take Bus Red 30. It takes about an hour from my home to school.

（我搭紅30。從我家到學校要花一個小時。）

I like mountain climbing more than playing basketball.

（我喜歡爬山勝過於打籃球。）

● 口說英文的第一步就是描述自己一天的生活：

主詞＋動詞（我 I＋動詞）

此處的動詞大都是生活類的動詞（如 wake up 起床, brush the teeth 刷牙, use the restroom 上洗手間, put on the clothes 穿上衣服, walk to the MRT station 走路去捷運站等）一大早起床後，就可以說：

I wake up at six o'clock this morning; then I get off my bed and go to the restroom. I pick up the toothbrush and begin to brush my teeth. I walk back to my room and put on my pants.

每天重複同樣的動作，順便練習同樣的話；記得一定要念出聲音（可以小聲一點，免得吵到別人，或是讓別人以為你腦筋有問題），遇到不懂的單字可以查字典或上網 Google，如加值悠遊卡如何說，可以上網找捷運相關英文網站（悠遊卡股份有限公司官方網站英文版：http://www.easycard.com.tw/english/index.asp），例如：I want to deposit NT$200 in my EasyCard.

記得一定要自己說一遍，唯有說出聲，這句話才會變成自己的，閱讀不出聲，對口語沒有幫助！

持續練習

訓練自己看到人或物就心想一個英文句子，例如一位美女經過我面前、一位帥哥帶著一位辣妹、一個小女孩背著書包上學去、婦人要去買菜、少年到公園玩滑板、老人家帶著狗去公園散步等，開始勾畫英文的句法：A young lady passes by. She is pretty, with beautiful long hair. 句子可以一直聯想下去。開車時可以想著遇到紅綠燈要怎麼說、開會時應該要如何報告業績等。如：I drive my Camry and stop at a 紅綠燈（？），碰到這種單字不會的情況，要記錄下來，而且當天就要查出來（如問朋友、上網、查字典等），第二天碰到同樣的狀況就會用了。

名詞與動詞的使用

如果碰到不會用的名詞（主詞或是受詞），應該怎麼辦呢？如去修車，想告訴修車的技工（mechanic），我的水箱（radiator）漏水（leaking）；碰到這些日常生活的用語，如果不會說，當然可以先記下來，有時間就上網搜尋，或是找個字典查查日常或專業的用品（名詞）。這裡介紹一種圖解字典《English Duden》（網路上有免費的），可以協助你找到任何物品的名詞說法（如各項汽車零件、廚房用品、辦公室用品等）。

如果碰到不會說的動詞或是不會表達的內容，又該如何呢？首先依照日常生活的情節，先找出常用的 50 個動詞，將這些動詞隨身攜帶，隨時查詢。除了國中學過的通用動詞如 do, take, make, have, go, run, walk, put, sit, watch, am, are, is, look, let, give, bring, tell 之外,多用一些有意義的動詞(如下所示),應付日常生活的口語保証沒問題!

- accept 接受, adjust 調整, admire 欽佩, afford 付得起, appear 出現
- brush 刷, call 打(電話), change 改變, check 檢查, choose 選擇
- climb 爬, communicate 溝通, confirm 確認, continue 繼續, decide 決定
- deliver 運送, develop 發展, drink 喝, dress 打扮, expect 期望
- express 表達, identify 識別, increase 增加, influence 影響, involve 牽涉
- manage 管理, mention 提及, mistake 弄錯, oppose 反對, pass 通過
- pick 挑選, place 放置, protect 保護, prove 證明, provide 提供
- realize 了解, receive 接收, recognize 認出, reject 拒絕
- remind 提醒, represent 代表, ride 騎乘, suppose 以為, support 支持
- suggest 建議, warn 警告, wake 醒來, wish 希望, wear 穿戴

想要知道類似的動詞,或是更多動詞,可以多利用同義字典,以上列動詞為基礎,進而衍生出更多實用動詞。想要熟悉動詞的用法,可以事先造一、二句話來幫助記憶與活用。

此外,每學一個新單字(尤其是動詞),一定要盡可能用在每日的「自言自語」、甚至「自問自答」的練習,這樣單字就不會忘記!以生活中實際發生的情節來想像,活用 What, When, Who, Where, Why 和 How 等疑問詞來造句,適用於食衣住行育樂等相關情境。

行的問題：

Q: How do you get to school?

A: I live near school, so I just walk.

居住環境的狀況：

Q: How is your neighborhood?

A: It's nice and quiet.

穿什麼衣服？

Q: What style of clothes do you like to wear?

A: I like casual clothes. They are more comfortable than formal ones.

　　三餐吃什麼、社交娛樂活動等都可以用英語想像，再用口語說出來，先練習現在式，過一個月後，再練習過去式，描述昨天、前幾天等過去發生的事情，以不同的場景來敘述。

　　這樣的練習對於準備初級英檢口說能力測驗的「回答問題」很有幫助，以下為初級英檢預試的試題與參考答案：

● GEPT 初級預試 口說能力測驗

回答問題

共 5 題。題目不印在試卷上，經由耳機播出，每題播出兩次，兩次之間約有 1～2 秒的間隔。聽完兩次後，請立即回答，每題回答時間 15 秒，請在作答時間內盡量地表達。

Question No.1: **When** is your birthday?
你的生日是什麼時候？

Question No.2: **What** did you do last night?
你昨晚做了什麼？

Question No.3: **What** are you wearing today?
你今天穿什麼？

Question No.4: **Who** is the singer you like the best? Why?
你最喜歡的歌手是誰？原因為何？

Question No.5: Do you like to play basketball? **Why** or **why not**?
你喜歡打籃球嗎？為什麼喜歡或為什麼不喜歡？

※參考答案在P134。

● 其他練習

接著還可以學習說英文笑話，試著將自己覺得很好笑的事情，用英文說一遍，對拓展社交生活頗有幫助。此外，請大家務必熟悉中國食物的英文名稱，因為跟老外交際應酬時，最好的話題是將食物主題融入文化之間來討論。

數字或方向的英文表達方式難度頗高，自己的電話號碼，最好平常就練得很熟，可以不用思考脫口而出（請見「應用篇：聽力」）。此外，非母語人士在口語使用時，最容易混淆的是時態及人稱代名詞。在時態上，過去式比較常用，因此要注意動詞變化（尤其是 was 與 were，或不規則變化的動詞，其他加 ed 的動詞，在口語中，比較會含糊帶過，所以講話時，可以點出時間，如 yesterday 或 last week）。人稱的性別，如 he、she 兩個代名詞常在講話時不小心混用（很多人不管男女，都用 he），有時會讓外國人搞不清楚。最好的練習方法就是練習用 she，平常多練習 she，對自己所用的人稱代名詞就會有所警覺！

總之，英語口語練習不講究複雜的句法，一般多用主詞＋動詞的結構，不會使用分詞構句，也不太使用假設法，就連形容詞子句都可以拆成另一句來說，因此簡單句是最好也最實用的口語句型。

※註：本篇的「自言自語」、「自問自答」應用的例句，皆取材自聯經出版《英語小冰箱──開口就能「秀」自己》一書。

Look Further

學會如何在日常生活中使用動詞,你也可以開始「自言自語」!

- My biggest exercise is **brushing** my teeth.

- My wife **dresses** me.

- I try to go mountain hiking, but I **manage** to go only about twice a month.

- My major is not **decided** yet.

- I can't **wear** earphones while I study.

● GEPT 初級預試 口說能力測驗參考答案

回答問題

1. My birthday is October first.
2. I went to a concert with some of my classmates.
3. I'm wearing a pink shirt, blue jeans, and brown shoes.
4. I like Madonna the best because she sings very well.
5. Yes, I do. Playing basketball is fun.

文法與英語檢定

　　為了國際職場競爭，很多人必須擁有英文能力證明，台灣現今職場上大約有兩個專為英語初學者所設計的測驗比較受到重視：全民英檢初級和多益普級英語測驗（TOEIC Bridge）。很多補習班或是語言中心開設這些檢定考試的進修班，而市面上也充斥準備這兩種考試的書籍。大抵而言，這些進修課程或是書籍都強調兩點：一是單字的增強，二是解題的技巧。這兩種方式是否可提升英檢的成績，值得檢驗。背單字當然可以增加理解，但是對於解題技巧則是幫助不大。這些考試的基本要素是測驗英文的實用能力；也就是說，如果你的英文能力沒有實質提升（閱讀理解為重點），就算背很多單字或是不斷熟悉解題技巧，也無法有明顯的進步。

　　很多人認為英語考試，除了考單字以外，就是考文法的正確性，其實這是完全錯誤的想法。當然我們要累積足夠的單字，才能有基本語意的了解，但是文法絕對不是英語檢定考試的重點。

　　全民英檢初級的考試，表面上看起來有些文法或用法的題目，但是這些題目著重的還是語意的理解，不了解語意，只靠僵硬的文法規則，可能還是無法獲得高分。

　　本章針對這兩種考試所出現的一些題目進行分析，強調文法句型只是幫助了解，並非考試的重點。熟悉某些文法規則，可以有利句子的拆解與語意的掌握。即使是考文法的試

題，也是影響語意的文法試題。而且不管是單字或是閱讀測驗，所有選項答案的文法大多是正確的，只是錯誤的選項在用法或是語意表達方面與題目不合。

所以，在英文檢定考試要拿高分，其實最重要的還是要多閱讀、多熟悉實用的語法，徹底了解句子的結構，然後掌握一些常用的動詞用法或是語氣的轉折，就很容易選出正確答案。

我並不想傳授所謂的解題技巧，而是想告訴各位如何透過文法的基本觀念去理解文意。再次強調，英檢考試的文法觀念都在本書所談的範圍之中，只要活用本書所提的文法與語法觀念，就可以提昇自己的英文實力。

理解的過程：（與前述閱讀的技巧一樣）

一、找出主詞與動詞
二、將句子拆解成具語意觀念的小單元
三、熟悉各種不同情境的動詞或是名詞表達方式

在以上三種英文理解過程中，重視的有兩點：

（一）與情境相關的單字學習
（二）透過句法分析或是拆解後，理解文意

● 閱讀測驗

From :	Mark Hampton
To :	David Smith
Subject :	Tomorrow night
Cc :	
Sent :	Thursday, 7:00 P.M.

Hi David,
My father has given me two tickets to the baseball game tomorrow night. Do you want to come? It starts at 8:00 p.m. If you can make it, give me a call here at home tonight or early tomorrow. If I don't hear from you by tomorrow morning, I'll assume you can't make it.

Mark

（多益普及測驗模擬試題）

（引自多益普及測驗台灣區官方網站—— http://www.toeicbridge.com.tw/）

　　閱讀文章時，熟悉某些單字固然重要，但絕非關鍵；關鍵反而是語意之間的連接。首先針對每一句話找到主詞與動詞，然後再將長句依照句法結構拆成具語意的小單元：

My father has given me / two tickets to the baseball game / tomorrow night. / Do **you want** to come? / **It starts** / at 8:00 p.m. / If you can make it, / **give** me a call / here at home / tonight or early tomorrow. / If I don't hear from you / by tomorrow morning, / **I'll assume** / you can't make it.

我父親已經給我 / 兩張棒球比賽的門票 / 明天晚上 / 你想要來嗎 / 它（比賽）開始 / 在晚上八點 / 如果你可以來 / 打個電話給我 / 到家裡這裡 / 今晚或明天一早 / 如果我沒接到你的電話 / 明天早上前 / 我將會假設 / 你不能來

此篇文章的主詞＋動詞結構很簡單，都很容易找到（粗體字部分）。文法上只有兩個重點：一是時態（第一句為完成式 have / has + p.p.，最後一句為未來式，其餘皆為現在簡單式），另一個重點是**十大句法 8：Adv clause, Main clause**（If you can make it,...; If I don't hear from you...）。如此拆解分析完後，了解整篇語意之後，其實三題選擇題的答案都出來了：

題目：Where is Mark now?（馬克現在在哪裡？）

(A) At a café

(B) At a friend's house

(C) At his home

(D) At a baseball stadium

→對應內文：... give me a call here at home...

題目：When must David reply?（大衛何時必須回覆？）

(A) By this evening

(B) By tomorrow morning

(C) By tomorrow afternoon

(D) By tomorrow night

→對應內文：If I don't hear from you by tomorrow morning...

題目：What does Mark want David to do?（馬克要大衛做什麼？）

(A) Go with him to a game

(B) Eat dinner with him

(C) Visit him at home

(D) Leave a message with his father

→對應內文：My father has given me two tickets to the baseball game tomorrow night. Do you want to come?

　　基礎英文檢定的考題主要是測試英語初學者對英文的理解力，並評量英語初學者的實用語言能力。因此除了對單字、片語的認識，基礎文法的觀念之外，出現的文章大多會跟各種不同的日常生活情境息息相關。

　　文法試題除了閱讀測驗，其餘單題只要運用基本的語法與文法就可以解決，不需要很

複雜的文法！同樣以多益普級測驗為例：

● 基礎文法題：

Thank you very much for_____us here.

(A) invite   (B) invited   (C) have invited   **(D) inviting**

→介系詞（for）後面接 Ving

● 基礎單字題：

The community talent show was canceled because we sold very few_____.

(A) **tickets**   (B) bills   (C) labels   (D) notes

1. 此句的主詞為 The community talent show，動詞為 canceled（被動語態）
2. 此句型為**十大句法 8：Main clause , Adv clause**
3. 因為賣了很少「票」，所以社區才藝表演被取消了

　　從以上例子可知，不管是閱讀測驗或文法試題（我個人偏好稱之為「用法試題」），其實只要掌握句法、時態、比較等本書所提示的一些基本文法觀念，就可以了解語意、找出答案，實在沒有必要苦讀厚重的文法書。

　　最後，再次提醒讀者，文法不是考試的重點，語意才是。唯有了解句子的整體含意，才能找出正確的答案。為了挑戰應試者的英文閱讀與分析能力，有些題目會設下陷阱，以

測試應試者是否真正理解……，但是真的一點也不難！只要能搭配本書的方法，循序漸進累積英文基礎能力，進而增加實力，加上若能多聽多讀多看多寫，不但足以應付考試，還能為提升英語即戰力打下良好基礎。

筆記欄
NOTES

結語

　　一生必學的英文文法談了這麼多，絕對不是要大家記文法規則，我想要強調的是「千萬不要記太多的文法規則！」學習語言時，大多數人認為任何語言都有規則可循，必須要從記規則著手，以文法為主導，但是從語言學習的實際經驗來看，記太多的規則反而會妨礙學習。坊間很多文法書都列出一大堆規則，所舉的例子都是為了文法來造句，並非現實生活常用的句子，而且事實上有些文法規則，如假設法的部分用法或是附加問句等，英語母語人士並不常用。從實務面來看，文法規則應是用以幫助了解閱讀、對話等，而非從規則中去引導英文的學習。

　　所以本書堅持學英文要從應用與實用的理念出發，從基測、初級英檢、多益普及測驗等重要考試，或平時常用的英文句型等，去歸納出哪些是必要學習且重要的英文文法。在此，強力主張，請大家先將瑣碎的文法規則暫時拋到腦後，只要培養英文句法概念，持續大量閱讀習慣就可終生受用無窮。

● 有三點要提醒大家注意：

一、傳統的文法書是使用手冊而非教科書，是供學習者查閱參考使用，而不是拿來當課本讀或是背誦的，即使從第一頁背到最後一頁，英文也不會因而進步。請大家建立起一個觀念，文法規則是用來補充或修正使用時的不足，所以每個人只要準備一本公認好

用的文法書，有問題再查閱就好。

二、掌握現實生活中常用的文法規則即可，例如：主詞＋動詞、十大句法、時態、比較級、假設法、主要與從屬結構的構成等，這些就足以培養英文語言的結構特性。

三、以閱讀為基礎去了解文法，不要用文法去分析英文或是一直練習文法題目！

　　以下請見多益普及測驗模擬試題的例子，覺得句子太長，或了解語意有困難時，請先找出主詞與動詞，再將句子拆解成小單元，並忽略（或刪除）某些難懂或不認識的單字，即可了解主要語意。

1. Would you like to _____ with me?

(A) coming　　(B) came　　(C) have come　　(D) come

→四個選項分別為動詞 come 的不同時態，would like to 意為「想要……」，直接接原形動詞即可，故選(D)。

2. Marie asked her brother to show her _____.

(A) drive a car　　(B) driving a car　　(C) how to drive a car　　(D) to drive a car

→可以看出整句的意思為「瑪莉要求她的兄弟示範……給她看」（show ＋人＋某事物），從語意即可猜出最合理的答案為填入片語 how to drive a car（如何開車）。其餘選項為動詞的變化，不合文意之餘也不合文法。

3. Edward is _____ to perceive the difference between right and wrong.

  (A) enough old   (B) old enough   (C) old too   (D) too old

→此題只要須了解語意，並有基礎的文法觀念，即可輕鬆作答！...perceive the difference between right and wrong 表示「分辨對錯的不同」，(B)和(D) 文法都正確，但從意思來推敲，可知道一定要「年紀夠大」，而 enough 一定放在形容詞後面，故正確答案選(B)；而(D) too old 表示「年紀太大」以至於不了解對與錯，顯然語意不對，故只有 B 為正確答案。

　　所以答題時，只要透過句型分析、了解語意之後，就可知道如何作答。記住要好好閱讀，了解這句話的含意，文法並非考題，而是閱讀的輔助工具。

● 培養長篇閱讀習慣學到老、讀到老

　　最後，請大家一定要培養閱讀習慣！請「讀完」一本故事書，如 *Charlotte's Web*《夏綠蒂的網》，不管是大眾小說、名家經典、英文教科書都可以，藉著那本書來訓練自己閱讀長篇英文文章，最好可以讀出聲音，一點一滴建立英文實力，乃至靈活運用。

　　每天可以在睡前花一小時讀英文書。不要只讀短篇文章，請自我挑戰閱讀長篇文章，因為長篇的閱讀才會對英文能力的增進有所幫助。而一本書最難突破的是前五十頁，因為作者的字彙與風格大多是固定的，一本書中出現的句型或單字用法都會不斷重覆，例如有些單字會一再出現，但是不必急著查字典，因為有些字並非關鍵字，可以先略過，之後再回頭查字典，而關鍵字必定會一再出現，讀者常可藉著上下語意了解其意，所以長篇的閱讀才有效。如果字彙不多，可以先從兒童故事讀起，接下來讀一些青少年小說或簡易版的

文學經典名著（如聯經出版的簡易版《傲慢與偏見》、《遠大前程》……等），長期下來，英文文法就能深植腦中。

　　將英文當成第二語言，好好使用它！要把英文當成自己的第二語言，**維持經常閱讀與唸出聲音的習慣。**也可以針對內容撰寫讀書心得、短文、或是自言自語出聲對話等。只有自己三不五時的運用，英文才會變成自己的語言，而學習英文要回到語言的本質，也就是閱讀它、使用它；運用文法時，目標不在精確無誤，連美國人的文法都會出錯了，更何況母語不是英文的人，只要能將意思表達清楚，文法沒有完全正確也無妨，等到熟練後再慢慢修正即可。

　　文法書就放在書架上，當成隨時查閱的「字典」吧！只要你能這樣想、身體力行，學習英文就一定會有好成績。

※建議可以閱讀的長篇故事或名著的簡易版：

- 《傲慢與偏見》（珍奧斯汀）
- 《理性與感性》（珍奧斯汀）
- 《艾瑪》（珍奧斯汀）
- 《小氣財神》（狄更斯）
- 《孤雛淚》（狄更斯）
- 《遠大前程》（狄更斯）
- 《塊肉餘生記》（狄更斯）

- 《時光機器》（威爾斯）
- 《世界大戰》（威爾斯）
- 《化身博士》（史蒂文生）
- 《科學怪人》（瑪麗雪萊）
- 《吸血鬼德古拉》（史托克）
- 《失落的世界》（柯南道爾）

（聯經出版）

附錄：常用基礎字詞表

　　教育部頒布的「常用 2000 字表」是一份讀者可以參考的字彙表，其中 1200 字是國民小學最基本的字詞，在此就不羅列。其中，「動詞」和「名詞」是 content words（實義詞，具有明確意義），在文章中扮演關鍵角色，讀者可參考，熟稔後在寫作中靈活運用。在此並列舉出 60 個重要的動詞（以粗體字標出），這些動詞對於基礎寫作有相當的幫助。

【動詞】	**arrange**	**bother**	**complain**	dawn
accept	assume	broadcast	**complete**	debate
add	avoid	burst	concern	decorate
admire	bark	button	**confuse**	**decrease**
advise	bathe	calm	**consider**	deliver
affect	beat	**cancel**	**continue**	depend
aim	behave	cash	**control**	**describe**
allow	bill	charge	cough	desert
apologize	blame	chase	**create**	design
appreciate	bless	**comment**	cure	detect
argue	board	**compare**	**damage**	**develop**

dial	**explain**	**ignore**	limit	**promise**
diet	express	**imagine**	link	pronounce
direct	fear	**improve**	lock	protect
disappear	fit	**include**	marry	**provide**
discover	**focus**	**increase**	master	pump
discuss	fool	indicate	match	punish
divide	**forgive**	**insist**	measure	puzzle
double	form	inspire	mix	**quit**
doubt	forward	**interrupt**	obey	**reach**
earn	**frighten**	**introduce**	object	**realize**
ease	**gain**	invent	**offer**	**receive**
elect	gather	iron	omit	record
embarrass	greet	jam	pardon	recover
emphasize	guard	joke	pause	recycle
employ	**guide**	judge	pile	**refuse**
envy	hammer	lack	pollute	regret
excite	**handle**	lay	praise	reject
exist	hire	lick	print	**remind**
expect	hug	lift	**produce**	rent

repair	shut	tear	advice	backpack
respect	sink	tip	aim	balloon
return	ski	trace	air conditioner	barber
review	slice	trap	airline	bark
revise	**solve**	travel	alarm	basement
rob	spot	treasure	album	beard
rub	**spread**	trumpet	alphabet	beauty
ruin	state	trust	ambulance	beer
rush	steal	underline	amount	beginner
satisfy	steam	vote	angel	beginning
score	storm	waste	anger	bill
search	stream	wound	ankle	biology
seek	strike	yell	area	blank
seem	succeed	【名詞】	armchair	blood
select	**suggest**	accident	army	blouse
serve	**support**	activity	artist	board
set	survive	address	assistant	bomb
shoot	swallow	adult	attention	bone
shower	sweep	advertisement	baby sitter	bookcase

bowling	cartoon	coast	court	debate
branch	cash	cockroach	cowboy	decision
brick	cassette	coin	crab	deer
brunch	cause	college	crayon	degree
bucket	ceiling	command	cream	department
buffet	century	comment	credit card	desert
building	cereal	company	crime	design
bundle	channel	concern	crowd	desire
burger	character	congratulation	culture	dessert
button	charge	contact lens	cure	diamond
cabbage	chart	contract	current	diary
cable	chemistry	convenience	curtain	diet
cafeteria	childhood	store	curve	difference
calendar	chin	conversation	custom	difficulty
campus	choice	corn	customer	dinosaur
cancer	climate	cotton	damage	diplomat
captain	closet	cough	danger	direction
carpet	cloud	couple	dawn	discussion
carrot	coach	courage	death	distance

dolphin	enemy	flashlight	geography	handle
donkey	energy	flat tire	gesture	hanger
double	engine	flight	goal	heater
doubt	entrance	flour	god	height
doughnut	environment	flu	gold	helicopter
downstairs	error	focus	golf	hero
downtown	event	fog	goodness	highway
drama	exam	fool	government	hip
dresser	exit	football	granddaughter	hole
drugstore	extra	forest	grandson	honesty
dryer	faucet	form	guard	host
duty	fault	freedom	guest	housework
eagle	fear	freezer	guide	human
earrings	fee	friendship	gun	humor
edge	feeling	furniture	haircut	hunger
education	female	garage	hairdresser	hunter
effort	fence	general	hall	ill
elder	film	genius	hammer	importance
emotion	flag	gentleman	handkerchief	income

influence	lady	male	middle	novel
information	lamb	mall	midnight	nut
ink	law	manager	minor	object
instant	leaf	mango	minus	ocean
instrument	level	manner	mirror	onion
invitation	lightning	mass	model	operation
iron	limit	master	monster	opinion
jam	link	maximum	mosquito	oven
jazz	liquid	meaning	motion	overpass
jeep	liter	measure	movement	owner
joke	loaf	mechanic	musician	pain
journalist	local	member	napkin	painter
judge	lock	memory	nation	pajamas
ketchup	locker	men's room	necklace	pan
kilometer	loser	message	needle	panda
kindergarten	ma'am	metal	nephew	parking lot
kingdom	magazine	meter	nest	parrot
kitten	magician	method	net	partner
lack	major	microwave	niece	passenger

path	position	raincoat	scarf	single
patient	potato	reason	scene	sink
pattern	powder	record	scenery	ski
peace	president	rectangle	scientist	skill
pepper	pressure	relative	score	skin
period	priest	repair	seafood	slice
physics	principal	report	secret	slippers
pigeon	principle	respect	section	snail
pile	printer	result	semester	sneakers
pillow	produce	review	sense	soap
pineapple	production	role	servant	society
plain	professor	roof	service	soda
platform	progress	root	sheet	soft drink
plus	project	rubber	shelf	softball
poem	pump	safety	shore	soul
poison	purpose	sailor	shower	soy sauce
pollution	purse	sample	shrimp	speaker
pop music	puzzle	sand	silence	speech
population	railroad	saucer	silver	speed

spirit	swan	tip	tunnel	waste
spot	sweep	title	underline	waterfall
state	swimsuit	tofu	underpass	wedding
station	symbol	toilet	underwear	weekday
stationery	system	tongue	universe	weight
steam	table tennis	toothache	university	wheel
step	talent	toothbrush	upstairs	while
stomachache	tangerine	topic	Valentine	wing
stone	tank	tower	valley	winner
storm	teapot	trace	value	wok
stove	tear	trade	vendor	wolf
stream	temperature	tradition	victory	women's room
strike	tent	trap	village	wood
style	term	travel	vinegar	woods
subway	textbook	treasure	visitor	worm
success	Thanksgiving	triangle	vocabulary	wound
suit	thief	trousers	volleyball	wrist
supper	thought	trumpet	waist	youth
support	thumb	truth	Walkman	
swallow	thunder	tube	war	

Linking English
一生必學的英文文法 基礎版

2010年10月初版　　　　　　　　　　　　　　　定價：新臺幣260元
2012年8月初版第二刷
有著作權・翻印必究
Printed in Taiwan.

著　　者	陳	超	明	
發 行 人	林	載	爵	

出　版　者	聯 經 出 版 事 業 股 份 有 限 公 司	叢書主編	李	芃
地　　　址	台 北 市 基 隆 路 一 段 1 8 0 號 4 樓	特約編輯	林 雅 玲
編 輯 部 地 址	台 北 市 基 隆 路 一 段 1 8 0 號 4 樓	內文排版	菩 薩 蠻
叢書主編電話	(0 2) 8 7 8 7 6 2 4 2 轉 2 2 6	封面設計	陳 皇 旭
台北聯經書房	台 北 市 新 生 南 路 三 段 9 4 號		
電話	(0 2) 2 3 6 2 0 3 0 8		
台 中 分 公 司	台 中 市 北 區 健 行 路 3 2 1 號 1 樓		
暨 門 市 電 話	(0 4) 2 2 3 7 1 2 3 4　e x t . 5		
郵 政 劃 撥 帳 戶	第 0 1 0 0 5 5 9 - 3 號		
郵 撥 電 話	(0 2) 2 3 6 2 0 3 0 8		
印　刷　者	文 聯 彩 色 製 版 印 刷 有 限 公 司		
總　經　銷	聯 合 發 行 股 份 有 限 公 司		
發　行　所	台北縣新店市寶橋路235巷6弄6號2F		
電話	(0 2) 2 9 1 7 8 0 2 2		

行政院新聞局出版事業登記證局版臺業字第0130號

本書如有缺頁，破損，倒裝請寄回台北聯經書房更換。　　ISBN　978-957-08-3692-9 (平裝)
聯經網址 http://www.linkingbooks.com.tw
電子信箱 e-mail:linking@udngroup.com

國家圖書館出版品預行編目資料

一生必學的英文文法 基礎版/陳超明著 .
初版 . 臺北市 . 聯經 . 2010年10月（民99年）.
160面 . 14.8×18公分（Linking English）
ISBN　978-957-08-3692-9（平裝）
〔2012年8月初版第二刷〕

1.英語　2.語法

805.16   99019052

一生必學的英文閱讀

政大英文系 **陳超明** 教授 ◎審訂

陳超明：為何要閱讀英文？

閱讀是學習第二語言的基礎，
更是口語以及寫作的打底關鍵，
增強閱讀能力才能幫你掌握語感！

A fantastic way to introduce you to classic literature~

- 淺顯、易讀的經典改編小說中英對照讀本
- 優雅的「英」語朗讀CD
- 精闢的「導讀」與「讀後解析」

◎《遠大前程》 ◎《小氣財神》 ◎《孤雛淚》 ◎《塊肉餘生記》

珍‧奧斯汀系列

◎《傲慢與偏見》 ◎《理性與感性》 ◎《艾瑪》

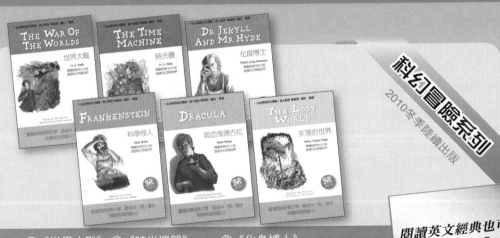

科幻冒險系列

2010冬季陸續出版

◎《世界大戰》 ◎《時光機器》 ◎《化身博士》

◎《科學怪人》 ◎《吸血鬼德古拉》 ◎《失落的世界》

閱讀英文經典也可以
easy & fun!!